Was übrig bleibt und niemand will
Wenn beim Erben das Tafelsilber nichts mehr zählt

Thomas Scheer

Alle Rechte beim Autor
© Thomas Scheer
2025
TScheer@gmx.net
Verlag: BoD · Books on Demand GmbH,
Überseering 33, 22297 Hamburg, bod@bod.de
Druck: Libri Plureos GmbH,
Friedensallee 273, 22763 Hamburg
ISBN: 978-3-8192-0993-2

Inhalt

3

Vorwort

Die materiellen Gegenstände aus einem Nachlass bringen Aspekte zum Vorschein, an die die Erben vorher nicht dachten. Manche können nur darüber staunen, was sie beim Entsorgen der letzten Dinge vorfinden. Das muss nicht sein, kann aber, vorsichtig formuliert, zumindest das Bild über den Verstorbenen verändern. Jeder Nachlass lüftet Geheimnisse und fördert Informationen zutage, die überraschend sind und neugierig machen.

Wenn Erben sich streiten, möchten sie den Willen des Erblassers für sich zurechtbiegen. Sie versuchen mit dem Hinweis „eigentlich wollte er was anderes" dessen Vermächtnis so zu deuten, dass ihnen am Ende, wenn nicht alles, dann das meiste als den wahren Empfängern zusteht. Was ein Erblasser im Sinn hatte, passt den Erben oft nicht in den Kram.

Noch eben in Trauer vereint, werden die Erben zu Konkurrenten. Sie gönnen sich gegenseitig wenig und sind sich darin einig, dass niemand einen Profit aus dem Nachlass ziehen darf. Wenn aus Freundschaft und Zuneigung Feindschaft entsteht, verwandelt sich das Erbe vom Geschenk des Erblassers zu einem Anspruch der Erben. Dieser wird dann rechtlich begründet und auf diese Weise durchgesetzt.

Auf Widersprüche und Abgründe stoßen die Menschen, die einen Nachlass auflösen. Sie können es ohne schlechtes Gewissen und ohne Skrupel tun, wenn sie weder Fetische noch Ideologien oder Geschichten beachten, die am ganzen Krempel haften. Sie werfen ihn einfach in Mülltonnen oder laden ihn auf Wertstoffhöfen ab oder verscherbeln ihn über Internetportale und Kleinanzeigen. Sie wundern sich auch nicht über die Fülle und Menge an Dingen, die in Speichern und Kellern lagern. Sie tun endlich, was schon lange anstand.

Ohne viel nachzudenken, verabschieden sie sich vom Allermeisten und sind dabei nicht zimperlich. Karl ist seit langem als professioneller Entsorger tätig. Er erlebt das Wegwerfen von dem, was nach dem Ableben übrig bleibt und niemand mehr will, als einen Akt der Befreiung. Er beherrscht das Metier, kennt sich darin aus und weiß mehr, als was beim Sortieren eines Nachlasses in welche Tonne gehört. Er fragt sich, warum die Nachkommen, die einen Nachlass entsorgen sollen, sich nur selten damit abfinden und es klaglos tun. Nebenbei hat er aus den praktischen Erfahrungen seines Tuns und den Begegnungen mit seinen Kunden die Grundrisse einer Philosophie entwickelt, die das sinnentleerte Wegwerfen von Tand und Zierrat in seinen Facetten beleuchtet. Karl kann nur denen seine Arbeit anbieten, die eine Erbschaft auch annehmen. Menschen, die ein Erbe ausschlagen und darauf verzichten, werden niemals seine Kunden sein.

Einstimmung

„Entsorgen oder verwerten?" fragte Karl und die aufgeregte Stimme am anderen Ende der Leitung fragte etwas unverstanden zurück: „Wie meinen Sie das?"
„Schauen Sie, wenn wir Sachen verwerten, prüfen wir, was noch zu gebrauchen und zu Geld zu machen ist, das ihnen natürlich zusteht. Entsorgen heißt, wir werfen alles weg."
„Bitte werfen Sie alles weg, ich will mit diesem ganzen Zeug nichts mehr zu tun haben. Ich bin froh, wenn alles weg ist."
„Handelt es sich um einen Nachlass?"
„Ja."
„Von wem stammt der Nachlass?"
„Von meinem Vater."
„Sehen Sie, wir möchten wissen, wessen Hab und Gut wir entsorgen sollen. Das muss ich schon deshalb fragen, weil es zu meinem Job gehört. Schließlich geht es nicht um irgendetwas, sondern um die Sachen ihres verstorbenen Vaters, wenn ich sie richtig verstehe."
„Aber das spielt jetzt keine Rolle."
„Geht es um eine Wohnung oder ein Dachboden oder ein Kellerabteil, das zu räumen ist?"
„Zum Glück muss nur noch der Keller geräumt werden. Mit der Wohnung hatten wir ja schon genug zu tun und genug Ärger."
„Wann wurde die Wohnung geräumt?"
„Vor einem Jahr, gleich nach dem Begräbnis."
„Dann geht es hier also um den letzten Rest, die letzten Dinge, wenn man das so formulieren darf?"
„Wenn Sie so wollen, ja, das kann man so sagen. Wie lange brauchen Sie denn mit dem Ausräumen?"
"Haben Sie es eilig?"

7

„Ja, übermorgen wird die Wohnung an neue Mieter übergeben. Bevor die auf die Idee kommen, die Miete zu kürzen, sollen sie das zugesagte Kellerabteil auch erhalten."

„Es soll also schnell gehen!"

Diesen Satz, den Frau Doktor Helga Immer-Schön ihm noch durchs Telefon zurief, hatte Karl schon zigmal gehört. Immer musste es schnell gehen und in der Regel sollte alles unbesehen entsorgt werden. Eigentlich wollte er seinen Job in Ruhe tun, auch weil er etwas Zeit brauchte, wenn er in Keller, die ihm oft genug wie Verliese vorkamen, vordrang, die in der Regel mit allem Möglichen vollgestellt waren. Er brauchte schon eine Weile, wenn er begann, darin herumzustöbern und danach zu schauen, was von dem Hab und Gut noch einen Wert hatte und wieviel Geld damit noch zu holen war. Das Anliegen der Kunden, dass alles schnell zu gehen hatte, klang wie ein Befehl. Einerseits fühlte er sich unter Druck, den Auftrag möglichst sofort in die Hand zu nehmen und zu erledigen, auch wenn ihm nicht danach zumute war. Andererseits war den Kunden fast jeder Preis recht, wenn es eilig sein musste. Er konnte für seine Leistung mehr Geld nehmen, weil er die Zeit, die notwendig war, etwas großzügiger veranschlagen konnte. Die Leute wollten ja immer wissen, was seine Leistung kostete, deshalb musste er ihnen auch sagen, welches Honorar er erwartete. Ein Ausräumen zum Festpreis gab es bei ihm nicht. Er hatte schon sehr früh begriffen, dass solche Preise nur zum eigenen Schaden gerieten, vor allem dann, wenn die Auftraggeber ihn vor Ort in Gespräche verwickelten und ihm dabei die Erinnerungen an den Toten vortrugen. Das lag einfach in der Natur der Sache, wenn er die einzelnen Stücke aus den Verliesen hervorholte und die umstehenden Verwandten und Bekannten dann unbedingt loswerden wollten,

8

was es mit dem Stück auf sich hatte und warum es in das Verlies gelangt war. Er griff zum Mobiltelefon und mit einem Fingertipp war sein Kompagnon am Ende der Leitung.

„Servus Achmed, es gibt mal wieder was zu tun.“ Achmed wartete schon ungeduldig auf einen Anruf. In den Sommermonaten gab es weniger Arbeit, einfach weil sich weniger Menschen ins Jenseits verabschiedeten. Und außerdem hatten die Menschen anderes im Sinn, als sich um ihre abgestellten oder irgendwo weggeräumten Hinterlassenschaften zu kümmern. Aber jetzt war Herbst und die Nachfrage zog an. Wenn sich Wohnungen auf natürliche Weise leerten, waren auch die Dachböden, Keller und Verliese an der Reihe, geräumt zu werden. Denn um das kostbare Wohnungsinventar, das für alle sichtbar herumstand und auf das mancher Besucher schon zu Lebzeiten des Besuchten ein Auge geworfen hatte, kümmerten, zankten oder rauften sich die Erben.

„Grüß dich Karl! Ja endlich! Hab schon gedacht, du hast mich vergessen!“ rief Achmed ins Telefon. Er wusste natürlich, dass Karl ihn brauchte. Er hatte für manches den besseren Blick und konnte oft sehr schnell und treffend beurteilen, was als Trödel noch verkäuflich war. Karl war kulant und gab wertvolle Fundstücke, die ihm noch wertvoll erschienen, an Achmed ab, weil dieser den besseren Riecher hatte und sofort ahnte, wo er die Dinge unterbringen konnte. Er selbst konnte den Märkten, auf denen der Trödel gehandelt wurde, wenig abgewinnen und amüsierte sich immer, wenn noch das Wort „Antik“ im Titel der Veranstaltungen stand. Das war meistens ein Etikettenschwindel, war er überzeugt. Natürlich sah sich Karl als Chef und ihm gehörte alles, was sie aufsammelten. Aber oft genug fehlte ihm das Gespür für das Geld, was aus dem Zeug noch zu holen war. Wenn Achmed dann jemand fand, der den Krempel kaufen wollte, hatte dieser meistens das nötige Bargeld in der Tasche. Altwaren wurden nur gegen Bargeld getauscht und da die Abnehmer gewöhnlich sehr spontan entschieden, hatten sie immer ein paar Scheine auf der hohen Kante.

Im Grunde war das meiste einfach nur Schrott, was sie in den Transporter luden. Wenn sie genügend Zeit hatten und nicht ständig beobachtet wurden, suchten sie zunächst gezielt nach Dingen, die noch einen Wert hatten. Diese luden sie zuerst in den Wagen. Danach war der Müll an der Reihe, besser gesagt Sperrmüll. Oft waren sie allein. Die Auftraggeber schauten meistens erst am Ende der Arbeit vorbei und wenn sie dann in den Transporter blickten, sahen sie nur noch solche Sachen, die ihren Eindruck bestätigten, dass sie einfach wegmussten.

Karl und Achmed waren eingespielt. Sie erledigten die meisten Auflösungen zu zweit. Wenn mal eine größere Fuhre anstand, heuerte Karl noch jemanden aus einem festen Kreis von Leuten an, die ihm am liebsten waren. Die wollten sich dann noch was nebenbei verdienen. Karl zahlte gut, so kamen die Helfer auf keine falschen Gedanken.

„Was steht an?" fragte Achmed.

„Ein Haushalt in Nymphenburg, alte Villa, ungefähr hundert Jahre alt. Der Verstorbene hat dort Jahrzehnte gewohnt. Jetzt soll alles raus. Das Haus wird komplett geleert. Wir räumen weg, was noch übrig ist und du weißt, es soll mal wieder schnell gehen."

„Hat schon ein Immobilien-Goldhamster ein Bein in der Tür?"

„Angeblich soll die Wohnung mitsamt dem Keller neu vermietet werden, aber ich glaube, dass irgendjemand die Hütte aufmöbeln wird. Wer das ist, weiß ich nicht, aber das ist uns ja egal."

„Auf geht's! Wir machen den Weg frei, auch für einen Goldhamster. Wann soll es losgehen?"

„Morgen, acht Uhr. Kommst am besten ins Lager!"

„Alles klar. Servus."

Lebenszyklus von Mythos und Ideologie

Karl und Achmed kamen gleichzeitig im Lager an, bestiegen den Transporter, fuhren los und kamen ziemlich schnell zur Adresse, wo sie vor Ort Frau Immer-Schön auf dem Gehsteig erwartete. Sie stand dort nach rechts und links schauend und war sichtlich zufrieden, als die beiden ankamen. Karl stieg aus dem Transporter aus, griff zum Hosenbund und zog ihn hoch, streifte die Arbeitsjacke glatt und ging respektvoll auf die Kundin zu.

„Grüß Gott, bin mit Frau Immer-Schön verabredet."
„Da sind Sie bei mir richtig, Herr Karl."
„Das ist mein Vorname, aber Sie dürfen mich gerne mit Karl ansprechen."
„Am besten zeige ich Ihnen gleich, worum es geht."
Karl und Achmed folgen ihr.
„Der Garten ist ja gut im Schuss!" meinte Karl zur Kundin.

Oft genug schritten Karl und Achmed gemeinsam auf ein Lager zu, dessen Anmutung so gar nicht zum äußeren Ambiente des Anwesens passte. Außen hui, innen pfui war oft der erste Eindruck. In diesen Momenten hielt es Karl für angebracht, gleich beim ersten Zusammenkommen dem Kunden das Gefühl zu geben, dass sie selbst ja gar nichts für das chaotische Durcheinander konnten, was sich allen Beteiligten im Keller und Speicher des Verstorbenen offenbarte. Natürlich wusste jeder, dass der Erblasser die Schuld am Chaos trug, aber manche Kunden plagte ein schlechtes Gewissen. Sie räumten ein und gestanden, dass ihnen da etwas aus dem Ruder gelaufen war. Einige schämten sich auch und versuchten ihr Nichtstun damit zu entschuldigen, dass berufliche und familiäre Belastungen sie stets davon abhielten, mal im ganzen

Haus nach dem Rechten zu sehen. Schließlich kümmerte sich all die Jahre eine Hausdame um den Wohnbereich und sorgte ständig für Ordnung und Sauberkeit, aber den Speicher hatte weder sie noch irgendjemand von den Anverwandten auf dem Schirm.

Mit seinem Lob über den Zustand des Gartens wollte Karl dem Gefühl der Peinlichkeit vorbeugen, das irgendwie in der Luft lag, weil das vorgefundene Chaos nicht zum Weltbild der Kunden passte. Um die Atmosphäre zu lockern, half eine wohlwollende Bemerkung zum Eingangsbereich oder den Wohnräumen. Das machte die Kommunikation geschmeidiger. Aber in den meisten Fällen mussten die Kunden Karl nichts vormachen oder so tun, als sei ein Ungeist aus der Flasche entwichen. Ihnen war der desolate Zustand der Verliese bekannt. Von nichts gewusst zu haben, war oft nur eine Ausrede.

Frau Immer-Schön, die Tochter des verstorbenen Erblassers, erzählte auf dem Weg zum Lager im Souterraingeschoss etwas hyperaktiv: „Wenn das Kellerabteil geräumt ist, muss endlich Schluss sein mit der ständigen Diskussion und Spekulation über mögliche Wertgegenstände, die eventuell im Keller noch lagern könnten." Karl begriff, dass die Räumung auch eine nervende Debatte endgültig beenden sollte, denn die Kundin beschuldigte ihren Schwager, dass er bei jeder sich bietenden Gelegenheit einen Streit anzettelte. Als älteste Tochter, so behauptete er ständig, war sie an der Reihe nach dem Tod des Vaters für Ordnung zu sorgen. Sie konnte dessen Anschuldigungen, die sich immer wiederholten, nicht mehr hören. Schließlich hatte sie ja selbst viel Zeug um die Ohren und jetzt fiel ihr zusätzlich die Aufgabe zu, sich auch noch um das Ausräumen eines Kellers zu kümmern. Aber der Schwager wollte doch nur, dass die Wohnung samt Keller endlich vermietet würde, weil er indirekt über seine Frau, die

Schwester der Kundin, von der kommenden Mieteinnahme profitierte. Diese aber kümmerte sich nicht um die Sache und schob sie an ihren gierigen Mann weiter, was die Angelegenheit nur schwerer machte als sie ohnehin schon war.

„Sie hatten von Entsorgen gesprochen, als wir das erste Mal miteinander telefonierten. Wir räumen also alles raus und achten nicht darauf, was für Sie oder andere in der Familie noch brauchbar sein kann. Wir allein sind dazu nicht fähig. Da müsste von Ihrer Seite ständig jemand hier stehen und alle Gegenstände beurteilen und uns sagen, was nicht weggehört," merkte Karl an.

„Ja, es bleibt beim Entsorgen, aber es muss schnell und geräuschlos über die Bühne gehen."

„So kommen wir weiter!"

„Ich will gar nicht wissen, was sich da aufgestaut hat. Man bekommt ja die tollsten Dinge zu hören, wenn Bekannte davon erzählen, welche Geheimnisse sich im Angesammelten ihrer Verstorbenen verborgen hielten und erst beim Ausräumen von Wohnungen und Kellern ans Tageslicht kamen."

Es war Karl und Achmed sowieso lieber, wenn Nachkommen oder Erben nicht dabeistanden und ihre Arbeit beobachteten. Das störte am Ende nur. Besser war, wenn niemand von den Angehörigen zugegen war und angestrengt kontrollierte, welche materiellen Hinterlassenschaften sie aus den Verliesen hervorholten. Darin waren sich die beiden langjährigen Arbeitsgefährten einig. Waren nämlich irgendwelche Angehörigen oder Freude dabei, mussten sie sich Geschichten anhören, die sich um den Toten rankten, positive wie negative. Es wurden Episoden aus dem Leben des Verstorbenen erzählt und warum bestimmte Sachen an ihn erinnerten. Die Gegenstände wurden als Beispiele für die Art und Weise ausgelegt, die vom Leben erzählten, das der Verstorbene einst geführt hatte. Das wiederholte sich bei den vielen Kunden und war irgendwann auch langweilig. Jedoch hatten all diese Geschichten Karl dazu angeregt, deren Gemeinsamkeiten zu einer eigenen Theorie zu verdichten, die sich um die Frage drehte, warum Gegenstände irgendwann unbemerkt rumstanden.

Viele Gegenstände, die in Häuser kamen, waren anfangs mit einer Liebhaberei verbunden. Diese hing an der Sache oder der Funktion, die ein Gegenstand beim Erwerben besaß, entweder für den Käufer selbst oder weil er das Gut als Geschenk oder Zuwendung von einer ihm lieb gewonnenen oder befreundeten Person erhielt. Etliche Sammelobjekte begannen deshalb ihr Dasein in der Rolle als Liebhaberstück, deren Nutzen und Zweck zur Zeit des Erwerbs hoch im Kurs standen. Solche Gegenstände musste jeder haben, wie zum Beispiel ein Toaster, Raclette oder Fonduetopf, denn es war angesagt oder in Mode, solche Gegenstände zu besitzen. Selten gelangten diese Sachen sofort nach dem Kauf in irgendein Verlies. Im Gegenteil! Sie standen zwar irgendwo rum, blieben aber ein Objekt der Begierde. Liebhaberstücke wurden angehimmelt und unter Verwandten und Freunden rumgereicht, wenn diese auf Besuchen vorbeischauten.

Manche der Besitzer verfielen in wolkige Worte, wenn sie beschrieben, wie sehr sie das gute Stück schätzten. Sie konnten ihre Besucher auch dafür begeistern. Häufig wurde die allseitige Anerkennung aus Freundschaft dem Gastgeber entgegengebracht, denn alle wussten, dass der Besitzer, wenn er seine Sammelstücke hervorholte und anpries, gelobt und bewundert werden wollte. Aber oft genug geschah dies nur als ein Akt der Höflichkeit. Man behielt seine Meinung für sich oder äußerte sein Missfallen hinter vorgehaltener Hand. Nur Kenner der Materie wagten es, etwas Kritisches zu sagen, meistens als höflich vorgetragene Anmerkung, die die Kritik umschrieb oder nur andeutete.

In einem zweiten Schritt verschwanden die Objekte aus dem Blickfeld. Sie wurden nicht mehr wahrgenommen und landeten in irgendeiner Ablage. Sie waren noch für alle irgendwie sichtbar, wurden aber nur noch wenig beachtet, selten hervorgeholt und genutzt. Irgendwann landeten sie dann in einem Speicher. Wenn die Sammler sie dort wahrnahmen, kamen noch Erinnerungen an Begebenheiten hoch, bei denen sie diese Geräte genutzt oder eingesetzt hatten. Auch wenn die Eigentümer diese Geschichten noch begeisterten, war es im Grunde um die Objekte bereits geschehen, denn sie blieben weiter in ihrem Verlies liegen. Ja, man erinnerte sich, wozu sie einmal gut waren, aber bei welchen Gelegenheiten würde man heute noch einen Raclette-Ofen auf den Tisch stellen? Das Liebhaberstück hatte sich zum Erinnerungsposten verwandelt und wurde später zum Restposten, wenn niemand mehr etwas von ihm wusste und keiner ihn mehr wollte oder brauchte.

Karl erklärte sich dieses Phänomen so: Solange das Gekochte auf einer heißen Platte stand, blieb es warm, sobald die Wärme versiegte, erkaltete es. Wenn am Ende eine noch vorhandene Restflüssigkeit sich verflüchtigt hatte, blieb eine harte, eklig anmutende Kruste übrig, die man wegkratzte und entsorgte. Auch vielen Sammlerstücken erging es ähnlich. Anfangs wurde ihnen viel Wärme als Gefühl entgegengebracht. War die anfängliche Begeisterung verflogen, traten sie in ein neues Stadium. Das Interesse war erkaltet, wenn die Objekte aus dem unmittelbaren Blickfeld entfernt wurden und zunächst in einer Nische im Alltagsbereich landeten, wo sie nicht weiter auffielen. Wenn die Menschen den Eindruck gewannen, sie würden nur im Weg rumstehen, kamen die ehemals „guten" Stücke als schäbiger Rest in ein Verlies und landeten im Keller, auf dem Dachboden oder in der Garage. Bei diesem Akt erlosch der Nimbus des Singulären. Hier wurde eine Schwelle überschritten, die sie wertlos machte. Die Erinnerungen waren verloren und die Menschen wussten auch nicht mehr, warum die Sachen bei ihnen aus welchen Gründen noch rumstanden.

Wenn die Kunden Karl gelegentlich schilderten, warum sie irgendwelche Gegenstände besaßen, dann merkte er oft genug, dass diese Erzählungen nicht allein in den Köpfen der Kunden entstanden waren. Es gab einen Wirtschaftszweig, der davon lebte, Geschichten zu Produkten zu erfinden, die einmal „Geschichte schreiben" sollten. Kern solcher Geschichten waren Markennamen. Deshalb wunderte sich Karl nicht über den Aufwand, den Unternehmen betrieben, um treffende Markennamen zu finden, die geeignet waren, die Markenprodukte zu präsentieren und auf Teufel komm raus den Zielgruppen nahe zu bringen. Aber der Markenname war keine Garantie und er allein reichte nicht, um Produkte ewig am Leben zu halten. Irgendwann wurden auch Marken nicht mehr wahrgenommen und später vergessen.

Markennamen begannen ihren Lebenszyklus als Liebhaberobjekte. Als kultische Gegenstände führten sie ein Eigenleben. Ihnen wurden Eigenschaften zugeschrieben, die eine abgöttische oder magische Beziehung der Menschen zu den sie umgebenden Objekten aufzeigen sollten. Mit den Mitteln des Marketings, die manchmal zu einer Art von Liturgie mit entsprechenden Botschaften gerieten, versuchten Unternehmen ihre Marken immer wieder ins Bewusstsein der Zielgruppen zu rücken. Sie wollten diese in den Köpfen der Menschen verankern. Am liebsten war ihnen, wenn es ihnen gelingen konnte, dass die Wertschätzung von Marken von Generation zu Generation weitergereicht wurde. Wenn dann noch ein

Markenname zum Gattungsbegriff wurde, dann putzten sich zum Beispiel die Menschen nicht mehr mit Papiertaschentüchern die Nase, sondern mit dem Markennamen. Die Unternehmen wollten die Kunden an ein Produkt binden, was am besten gelang, wenn Markennamen wie Ikonen „angebetet" und „verehrt" wurden.

Wenn manche Sozialwissenschaftler einen Kulturkapitalismus darin erkannten, dass Gebrauchswerte von Produkten in Geschichten eingebettet wurden, dann gehörte Karl zu denen, die ständig sahen, wie endlich und vergänglich diese Erzählungen am Ende doch waren. Unter Kulturkapitalismus wurde zunächst einmal der kulturelle Sektor gefasst, aber im Wesentlichen beschäftigte er sich mit den Bildern und Geschichten, die sich um die Produkte rankten und den Weg der Produkte in den Markt ebnen sollten. Die Firmen versuchten auch, dass Ansehen des Kulturbereichs zu nutzen, weil mit einem kulturellen Drumherum die Angebote mehr Chancen im Markt besaßen. Da mussten ausgefallene Erzählungen herhalten, um Produkte mit der Kultur zu verbinden. Manchmal reichte auch eine ganz banal gestrickte oder auch spitzfindige Legende, um Gegenstände kulturell zu grundieren. Schließlich sollten die Kunden auf Angebote aufmerksam werden und sie sollten so anziehend wirken, dass sie die Angebote nicht nur einmal, sondern wiederholt kaufen. Dabei fiel Karl auf, wie manche Firmen ihre Produkte mit Erzählungen und blumigen Worten so ausschmückten, dass sie die Menschen auf eine falsche Fährte führten.

Karl und Achmed waren sich einig, dass bei der Bezeichnung der großen Personenkraftwagen, SUV genannt, das „S" niemals für Sport stehen konnte. Sie hatten schon mit dem Transporter Schwierigkeiten, um in den engen Straßen in der

Stadt voranzukommen. Aber diese Art von Fahrzeugen war für den Stadtverkehr eigentlich zu groß und diese Autos waren für die dort gebotenen Tempobeschränkungen völlig übermotorisiert. Zudem brauchten sie mehr Sprit. Was diese Merkmale mit Sport zu tun hatten, war beiden schleierhaft und sie meinten, es wäre besser, sie als SUFF zu bezeichnen. Die Größe der Fahrzeuge sprach wohl die Käufer an. Ihnen imponierte wohl auch, dass sich nur wenige so ein Fahrzeug leisten konnten und es nicht jedem Dahergelaufenen zustand. Auch wenn in vielen Fällen das Fahrzeug einer Bank gehörte, war doch für alle sichtbar, dass der Fahrer wohl eine höhere Position in der gesellschaftlichen Hierarchie einnahm. Mit so einem Auto konnte man sich aus der Masse hervorheben.

Die Werbung eines Luxusuhrenherstellers brachte Karl und Achmed jedes Mal zum Schmunzeln. Der Hersteller versprach in Werbeaussagen, dass sich Käufer ein Leben lang an der Uhr erfreuen sollten. Zugleich war die Uhr dafür gedacht, sie für die nächste Generation aufzubewahren. Diese Erzählung verpasste der Uhr einen doppelten Gebrauchswert oder Nutzen: Man tat mit dem Kauf der Luxusuhr für sich selbst wie für die nächste Generation etwas Gutes. In dieser Verherrlichung war die Uhr von der nützlichen Seite, nämlich ein Zeitmesser zu sein, weit enthoben; dafür war sie eigentlich viel zu schade. Dass der Käufer beim Erwerb dieses Luxusartikels die Endlichkeit des Menschen mitbedenken konnte, war ein interessanter Aspekt, der lobenswert erschien, dachten sich beide. Ob die Käufer wirklich so dachten, war dahingestellt und ob der Funke auf die nächste Generation übersprang, war ebenfalls reine Spekulation. Was der Hersteller behauptete, dass nämlich die Nachkommen die Uhr als Schatz wahrnehmen und würdigen würden, stand lediglich in den Sternen.

Irgendwie, dachte sich Karl, waren solche Erzählungen dafür gedacht, gegenüber Außenstehenden die Gegenstände schön zu reden. Die Reicheren hatten es zwar nicht nötig, sich für ihr Eigentum zu rechtfertigen, damit prahlen wollten oder trauten sie sich auch nicht, aber irgendwie war ihnen daran gelegen, in der Öffentlichkeit in einem guten Licht dazustehen. Denn nüchtern betrachtet war es durchaus sinnvoll, wenn die Menschen schon beim Kauf von Gebrauchsgütern mitbedachten, wem der ganze Krempel nach dem Ableben einmal zufiel. Denn wenn Ideologien an den Gegenständen hafteten und diese glorifizierten, konnte man einigermaßen sicher sein, dass der Nachlass nicht einfach zu Müll verkam. Karl wusste aus seiner langjährigen Erfahrung, dass die Erben vorzugsweise nach den „Rosinen" suchten, die ihnen nach eigenem Ermessen gefielen. Sie spickten das heraus, was ihren Vorstellungen und den eigenen Bedürfnissen entsprach. Ohne ideelle Wertschätzung verfiel ein Nachlass zu einem Nichts.

Dann gab es Momente, wo ideelle Werte einfach missverstanden oder verkannt wurden. Die folgende Geschichte hat sich wirklich ereignet: Zwei Frauen wollten in einem Museum ein Fest vorbereiten, für das sie einen großen Behälter brauchten, der sich zum Spülen von Gläsern eignen sollte. Bei der Suche stießen sie in einem Lager des Museums auf eine Badewanne, die groß genug dafür war. Bevor die Wanne im Fundus des Museums landete, wurden in ihr wohl Säuglinge gebadet. Allerdings war die Wanne in ihren Augen verschmutzt. An den Wänden der Wanne klebten Heftpflaster, Mullbinden, Fett und Kupferdraht. Dies machte die Frauen weder nachdenklich noch misstrauisch. Auch eine an der Wanne angebrachte Schrifttafel, die dem Betrachter mitteilte, dass darin mal ein Mensch mit Namen X als Säugling gebadet worden war, sagte den beiden Damen nichts. Deshalb dachten sie sich nichts und reinigten die Wanne vom Schmutz, denn schließlich wollten sie ihre Gläser darin spülen. Ihr Verhalten war in ihren Augen in Ordnung. Irgendjemanden fiel dann auf, dass es sich bei der von Heftpflastern, Mullbinden, Fett und Kupferdraht gereinigten Wanne um ein Kunstwerk von Joseph Beuys gehandelt hatte. Die Singularität des Künstlers äußerte sich darin, dass er gerne mit Filz und Fett arbeitete und mit diesem Material scheinbare Alltagsgegenstände in Kunstwerke verwandelte. Die beiden Frauen hatten also in Wahrheit nicht eine Wanne gereinigt, sondern ein Kunstwerk zerstört. Die unbedachte Reinigungsaktion war zu einem Werk von Kunstbanausen geraten und wurde zu einem Skandal hochstilisiert. Der Eigentümer, ein bekannter Kunstsammler, verlangte für das „entweihte" Kunstwerk Schadensersatz, der ihm nach einem Gerichtsurteil dann zustand.

Karl und Achmed fanden in den Verliesen genügend Gegenstände, die sie im weitesten Sinn als Kunstwerke erkannten. Meistens griffen sie beherzt zu und verfrachteten die Bilder und Skulpturen in den Transporter. Zum Glück waren sie noch nie in eine ähnliche Situation geraten wie die Frauen mit der Babybadewanne.

Für Karl war es eine Binsenweisheit. Wenn Waren Bedürfnisse befriedigten, besaßen sie einen Gebrauchswert, für den es unterschiedliche Bezeichnungen gab, wie Nutzen, Funktion oder Zweck. Der Gebrauchswert erklärte allumfassend, wofür eine Ware gedacht war, ob sie verbraucht oder verzehrt wurde oder als Werkzeug oder Haushaltshilfe gebraucht wurde. In der Zeit, als sich Karl Marx mit dem Gebrauchswert beschäftigte, hatte dieser Begriff noch etwas Archetypisches. Marx sah die industrielle Überproduktion mit einem

Wachstum an Gebrauchswerten kommen. Ob er im neunzehnten Jahrhundert schon den Gebrauchswert in all seinen Facetten erahnen konnte, war dahingestellt. Erst in der Konsumgesellschaft setzten sich die Geschichten durch, die rund um die Güter gestrickt wurden. Sie hatten oft genug mit dem ursprünglichen Zweck einer Ware wenig bis gar nichts zu tun, sondern sorgten dafür Nutzen, Funktion oder Zweck von Gütern und Leistungen irgendwie zu verherrlichen, damit sie auf die Käufer anziehend wirkten. Der Gebrauchswert war also mehr als ein sachlicher Grund, warum man etwas zum Leben brauchte. Eine Tasse war mehr als ein Trinkgefäß. Wenn Karl und Achmed Wohnungen leerten, dann sahen sie, dass die Menschen statt nur einem Stück gleich ein ganzes Service und sogar mehrere für verschiedene Gelegenheiten aufbewahrten. Form und Dekor machten sie dann zu einem einzigartigen Kaffee- oder Teeservice. Die Vielfalt beim Warenangebot wurde durch die Ideologien geschaffen, die zu den Gegenständen gehörten, zu ihnen passten und die Unterschiede benannten. Der singuläre Gebrauchswert einer Ware lebte von dessen Ideologie. Wer Ideologien kreieren und bedienen konnte, befeuerte das Geschäft.

Die Konsumwirtschaft wollte Bedürfnisse wecken und Produkte für die Nachfrager begehrenswert machen. Die Aura, die ein Produkt umgab, sollte Emotionen wachrufen und die Kaufbereitschaft bei den Kaufinteressierten wecken. Wie schon gesagt, spielten Markennamen eine besondere Rolle. Wenn Karl und Achmed Geschirr wegräumten, das irgendwo abseits oder versteckt rumstand, hatten sie schon einen Blick dafür, welches Design oder welche Handhabbarkeit zu einem bestimmten Markennamen passte. Und wenn sie den Herstellername sahen, der unter der Tasse aufgedruckt war, bekam der Gebrauchsgegenstand „Tasse" oder „Teller" einen ganz besonderen Wert, den eine Tasse ohne Namen nicht hatte. Die Marke holte die Geschirrteile aus der Anonymität der vielen Geschirrteile hervor und stellte sie heraus. Marketingmenschen sprachen vom Alleinstellungsmerkmal, das ein Produkt besaß. Sie blieben zwar immer noch Tasse und Teller, waren aber dann Teile zum Beispiel von „Tulipan" und zumindest den „Kennern" war klar, um welche Firma es ging. Aber Markennamen halfen nicht, die Einzigartigkeit von Produkten zu bewahren. Denn Karl und Achmed erlebten täglich, wie den materiellen Dingen im Lauf ihres Daseins ihre Herrlichkeit abhandenkam. Welche Bedeutung ihnen einst zugeschrieben wurde, ihnen innewohnte, oder als Weihrauch sie umnebelte, war nicht mehr als ein Beiwerk. Waren materielle Gegenstände von allen Emotionen befreit, standen sie nackt herum und waren ein Nichts.

Frau Immer-Schön hatte sich verabschiedet und die beiden machten sich ans Werk. Auf den ersten Blick schätzte Karl, dass sie wohl zwei Tage brauchten, um den Keller zu leeren. Als Karl gerade dabei war, die ersten Kartons mit Klamotten in den Transporter zu laden, sprach ihn ein Mann an, der sich als langjähriger Nachbar des Verstorbenen vorstellte.

„Sind das jetzt die letzten Dinge, wie man so schön sagt, die vom ehemaligen Nachbarn entsorgt werden?"

Karl kannte solche Fragen schon und war mit den Situationen vertraut, wo Menschen von Neugier geplagt nur darauf warteten, endlich mal einen Blick auf das werfen zu können, was sich beim Nachbarn im Verborgenen befand und ihnen bislang verschlossen geblieben war.

„Wie lange kannten Sie den Verstorbenen?"

„Wir waren bald dreißig Jahre Nachbarn und haben uns eigentlich ganz gut verstanden. Wir waren nicht direkt befreundet, aber kannten uns und wurden uns im Lauf der Jahre immer besser vertraut."

„Das ist doch angenehm?"

„Ja schon. Musste auch sein, denn mit den Kindern hatte er es nicht immer leicht."

„Das kommt vor."

„Na, sie werden beim Ausräumen schon noch eine Ahnung bekommen, warum das so war."

„Wir betreiben keine Archäologie. Wir machen uns wenig Gedanken zu dem, was wir aus Kellern hervorholen und verladen."

„Na ja, a bisserl werden Sie sich schon für das interessieren, was sie vor Ort finden."

„Recht haben Sie. Um was geht es?"

Der Mann holte etwas tiefer Luft und begann zu erzählen: „Mein Nachbar hatte ein Hobby, das viel Geld kostete. Irgendwann war es den Kindern zu bunt und sie setzten ihn unter Druck, es zu beenden. Dann hat er alles zusammenpacken müssen, konnte sich aber mit den Kindern soweit einigen, dass erst mal alles in den Keller kam. Er konnte sich partout nicht vom ganzen Material verabschieden."

„Das war sozusagen ein erzwungener oder kalter Entzug. Er musste also eigenhändig die Utensilien seines Hobbys in die Verbannung führen. Was wissen Sie mehr darüber?"

„Er war in Modelleisenbahnen vernarrt und hat alles gekauft, was ihm in den Sinn kam. Er ist förmlich in seinem Hobby aufgegangen."

„Er war also ein passionierter Sammler. Da war er nicht allein. Ich bin schon vielen begegnet. Der Schritt, alles erst einmal wegzuräumen, war ein kluger Schachzug der Kinder. Komisch daran ist, dass er es selbst tat."

„Der hätte doch niemand an seine Lokomotiven rangelassen," versuchte der Mann zu scherzen.

„Wie lange ist das her?"

„Wohl um die zehn Jahre."

„Hat er in der Zwischenzeit mit Ihnen nochmal darüber geredet?"

„Anfangs schon, aber seit ein paar Jahren nicht mehr. Wahrscheinlich hat er im Lauf der Jahre vergessen, was er da alles weggeräumt hat."

„Schauen wir mal, was wir finden. Möchten sie Teile der Sammlung haben?" fragte Karl.

„Ganz bestimmt nicht."

Ob das der Wahrheit entsprach, dachte sich Karl, wollte aber dem nichts hinzufügen. Als Karl zurück in den Keller kam, hatte Achmed schon die ersten Kartons mit Modelleisenbahnutensilien hervorgeholt. Karl konnte ihm sagen, dass sie noch Einiges erwartete.

Unter all den Gegenständen, die zu einem Nachlass zählten, führten Bücher, nachdem was Karl erfahren hatte, eine gewisse Zeit lang ein Eigenleben. Wer eine große Bibliothek besaß, war in bestimmten Kreisen angesehen. Er galt als belesen und gebildet. Der Besitzer wog sich in der Gewissheit, am kulturellen Leben der Gesellschaft teilzunehmen und fühlte sich darin fest verankert. Wenn Bücher in großen Mengen in Wohnungen oder Arbeitszimmern standen und Regale bis zur Decke füllten, sah man dies sozusagen als Beleg. Sie bezeugten wie eine Urkunde den gesellschaftlichen Status. Aber im Lauf der Zeit hatte sich deren Wert geändert.

Wenn Karl heute zu Kunden kam, konnte er angesichts der Menge ganz einfach sagen, dass das Allermeiste wertlos war und im Papiercontainer landen würde. Aber warum konnte es soweit kommen, dass ein Gegenstand, der lange Zeit als Statussymbol gepriesen wurde und als solcher gesellschaftlich anerkannt war, seinen früheren Zauber verloren hatte? Darüber hatte sich Karl mal mit einem Buchhändler unterhalten, der lange Jahre eine kleine Buchhandlung führte. Er meinte, Schuld daran habe sicher die digitale Speicherung von allen möglichen Inhalten, aber diese Entwicklung hätte den Niedergang des Buches als Kulturgut nur beschleunigt. Auch diejenigen, die je nach Grad der Bildung aus kulturellen Gründen Bücher kauften, ihnen einen spezifischen Wert zumaßen und in ihre Bibliothek aufnahmen, blieben davon nicht verschont. Begonnen hatte es Ende der 70er-Jahre des letzten Jahrhunderts, als der Buchhandel begann, sich aus der Ecke zu befreien, in der er all die Jahre verharrt und dort viel Patina angesetzt hatte. Damals begann ein Prozess, in dem sich das Buch Schritt für Schritt zu einer schlichten Ware wandelte. Den Verlagen und Buchhandlungen war es recht, denn ihnen war daran gelegen, dass der Ausweis von Bildung nicht länger wie eine ideologische Schranke den Zugang zu den Buchläden versperrte. Dieses Phänomen wurde als Schwellenangst beschrieben und die Branche war gewillt, diese abzubauen. Sie wollte mehr Menschen in die Buchhandlungen locken und den Menschen ihre Scham nehmen, für den Gang zum Handel nicht genug gebildet zu sein. Natürlich war ihnen daran gelegen, die Zahl der Verkäufe zu steigern. Bücher zu kaufen sollte so selbstverständlich werden, wie Socken und Oberhemden zu erwerben. Die Menschen machten mit und kauften fleißig. Ob sie die Bücher auch lasen oder nutzten, war nicht mehr so wichtig.

So gingen die Bücher den Weg aller Waren und landeten irgendwie, irgendwann dann irgendwo und verschwanden aus dem Blickfeld. Als die Verlage damit begannen, auch Bücher außerhalb von Buchhandlungen anzubieten, waren die Buchhandlungen nicht länger der alleinige Hort des Buches. Die Verlage wollten ihre Bücher auch dort anbieten, wo die

Menschen zum Lesen angeregt wurden und nach Rat und Hilfe suchten. Also bestückten sie Apotheken, Gartencenter oder Haushaltswarenanbieter mit Ratgebern und Sachbüchern. Bücher sollte es überall geben, wo den Menschen in den Sinn kam, dass Gedrucktes sie interessieren und helfen könnte.

Natürlich blieben Menschen übrig, die am Buch als Kulturgut festhielten und ihm diesen Zauber zugestanden. Aber dies galt nur noch für Teile der Belletristik. Von einem kulturellen Gedächtnis, das sich in Büchern darstellte, wollte die Mehrheit angesichts der Masse an Büchern nichts mehr wissen. Die Vorstellung von einem Literaturkanon glitt dahin. Wer legte noch Wert auf eine Hausbibliothek mit ikonografischen Werken der Literatur? Allerdings wussten die Freunde der Literatur, dass ein kulturelles Erbe am längsten und am sichersten in Papierform gepflegt und erhalten wurde. Elektronische Speichersysteme waren im Grunde dafür auch geeignet, aber ihre Technik wechselte wie die Jahreszeiten und wenn die technischen Wiedergabegeräte fehlten, waren Inhalte auf veralteten Datenträgern irgendwann nicht mehr nutzbar. Das Blättern in alten Büchern war wesentlich einfacher und der Zugang zum Inhalt leichter, als die Suche in elektronischen Speichern. Und es gab noch einen Reiz: Mit einem Buch konnte man ein Stück Geschichte regelrecht in den Händen halten und sie nachfühlen.

Antiquariate als lokale Geschäfte gab es immer weniger und Karl erfuhr regelmäßig, dass die Übriggebliebenen sich nur noch für die Rosinen interessierten, die sie aus Nachlässen herauspicken wollten. Auch die Sozialkaufhäuser begannen, die auf sie hereinbrechende Flut an Büchern zu regeln und zu begrenzen.

Die meisten Bücher waren wie die Gegenstände, die Karl und Achmed aus Verliesen hervorholten, einfach nur Müll, wie Tischgrills und Raclette-Geschirr. Der Transport von Büchern war außerdem eine regelrechte Schufterei. Wenn Karl und Achmed einen Tag lang nur Bücherkisten trugen, ging das richtig in die Knochen. Da brauchte es manche Verschnaufpause, aber das Ausruhen bescherte ihnen auch Momente, um in die Kisten zu blicken. Dann gab es schon das ein oder andere Exemplar, das sie beiseitelegten, weil es ohne jeden Zweifel interessant und verwertbar erschien. Am Ende waren es dann wirklich nur ganz wenige Stücke.

Lebende und tote Materie

Wenn Karl auf seine Arbeit blickte, war er zufrieden, denn er wusste, dass es für ihn immer etwas zu tun gab. Nicht nur heute würde er genügend Arbeit haben, sondern auch morgen. Diesen Job machte er erst seit ein paar Jahren. In seiner Jugend bewegte er sich an der Universität durch verschiedene Fächer der Geisteswissenschaft. Er verweilte dort etwas länger, als es normalerweise üblich war. Schon damals arbeitete er nebenbei, was zugleich bedeutete, dass die Zeit, die er im Studium verbrachte, sich in die Länge zog. Zum Entrümpeln war er mehr durch einen Zufall gekommen. Ihn begeisterte anfangs daran, die Schicksale von Menschen zu deuten und zu ergründen, die er hinter deren gegenständlichen Hinterlassenschaften vermutete. Diese Sachen als eine wie auch immer geartete Schuld zu betrachten, die man den Menschen als Verursacher zuschrieb, lag ihm fern. Dieses Grübeln über verflossene Menschenschicksale hatte sich im Lauf der Arbeit etwas gelegt. Das bedeutete nicht, dass er frei davon war sich zu wundern und immer wieder darüber zu staunen, was er so vorfand. Darüber reden und sinnieren wollte er immer noch, aber mit mehr Gelassenheit und Demut vor all dem, was sich meistens hinter einer gepflegten Fassade nach außen verbarg. Er achtete die Überraschungen, die die Verstorbenen den Lebenden bescherten, aber verurteilte sie nicht.

Nun machte er sich auf den Weg. Er griff nochmals in die Jackentaschen, um sicher zu sein, dass er alles dabeihatte: Schlüssel, Geldbeutel und Mobiltelefon. Er verließ die Wohnung, sperrte die Wohnungstür ab und blieb vor dem Haus auf dem Gehweg stehen. Wo habe ich nur den Transporter vorgestern abgestellt, fragte er sich. In seinem Hirn begann das Suchprogramm zu arbeiten: Wo war ich denn vorgestern

29

gewesen? Wann hatte ich den Transporter abgestellt und warum gab es keinen Parkplatz? Während Karl in seinen Gedanken noch völlig vom Suchen nach seinem Fahrzeug gefangen war, sprach ihn seine Nachbarin Carola an.

„Na Karl, bist du wieder mit deiner toten und lebenden Materie beschäftigt?" Die Frage holte ihn aus seinen Gedanken und brachte ihn ins bewusste Leben zurück.

„Servus Caro, ich überleg mal wieder, wo der Transporter steht."

„Ja immer dasselbe! Das ist ja auch ein Mist, dass es immer dann keine Parkplätze gibt, wenn man sie dringend braucht," versuchte Caro ihn etwas auf die Schippe zu nehmen.

„Wie geht's Caro?"

„Geh mal wieder zum Arzt. Weißt schon, zum Hundsegger, meine Monatsration verschreiben lassen."

„Wirst ja auch nur noch künstlich am Leben erhalten."

„Aber nur solange, wie du noch fähig bist, mein Graffel zu entsorgen."

„Auf diesen postmortalen Liebesdienst kannst du dich verlassen."

Plötzlich kam Karl in den Sinn, wo sein Wagen stand. Auf dem Weg dorthin dachte er sich, bei Caro war doch was hängen geblieben, nämlich seine Redensart von der „toten und lebenden Materie". Das hatte er ja nicht einfach so dahingesagt, sondern für ihn steckte darin eine tiefere Bedeutung. Als Karl die Geschichte von der toten Materie ersann, ging ihm die Auferstehung vom Tod durch den Kopf, die ein Glaubenssatz der christlichen Religionen lehrte. Er begriff dies als eine geistige Wiederauferstehung der Materie. Christus war, so schilderte es die Bibel, nach seiner Auferstehung nicht mehr als Körper zu greifen, denn er erschien nach Tod und Auferstehung seiner Jüngerschaft als sichtbare, aber nicht körperlich fassbare Gestalt. Bei seiner Arbeit erlebte er die Geschichte etwas anders. Bei ihm kamen Dinge zum Vorschein, denen die umstehenden Angehörigen wieder einen Sinn gaben, weil sie Erinnerungen wachriefen und Erzählungen auslösten, die manchmal nur so rausprudelten und die Gegenstände wieder mit Leben erfüllten.

Auf welche Weise Gegenstände zu einer toten Materie wurden, erklärte er sich so: Die Menschen starben in dem Moment, wenn sie ihren Geist verloren. Auch die materiellen Dinge wurden leblos, wenn sie keinen Sinn mehr hatten, den die Menschen ihnen eingehaucht hatten und ihnen zuschrieben. Diese Sachen waren in einen Geist eingetaucht, der an ihnen klebte oder haftete oder sie umnebelte. Dabei ging es nicht um den Nutzen oder Gebrauchswert, den Teile als gemeinsamen Nenner besaßen. Es ging um viel mehr, denn gleiche Gegenstände konnten ganz unterschiedliche Bedeutungen für die Menschen haben.

In den Verliesen, wo die Schätze herumstanden, ging ihnen sowohl ihre ideelle als auch die in Geldeinheiten bezifferte Wertschätzung verloren. Oft geschah es erst in dem Moment, wenn Erben sich der Dinge annehmen mussten und dies widerwillig oder gezwungenermaßen taten. Vielfach scherten sie sich nicht darum und versuchten erst gar nicht zu erkunden, welche ideellen Werte sich in der Erbmasse verbargen. Auch der Geldwert der materiellen Hinterlassenschaft war vielen Erben einfach gleichgültig. Ihnen war die Aufgabe zugefallen, sich der Gegenstände anzunehmen, und sie taten etwas, was nicht unbedingt dem „letzten Willen" entsprach: Sie entsorgten die materiellen Dinge. Indem sie dies taten, entledigten sie sich zugleich der Fürsorge um all die Dinge, die sie vielleicht hätten aufbewahren müssen. Die einfache Frage, was mit dem Zeug geschehen sollte, beantworteten sie mit einer Tat, nämlich dem Wegwerfen.

Karl kannte die zentralen Aussagen der volkswirtschaftlichen Nutzentheorie. Diese besagte, dass bei einem steigenden Nutzen die Preise stiegen und bei einem fallenden Nutzen sanken. Der Nutzen samt Preis bewegte sich gegenläufig zum Mangel und Überfluss an Waren. Die Höhe der Preise sollte der Theorie nach den Grad des Nutzens ausdrücken, den Produkte stifteten. Manche Vertreter der Theorie behaupteten, die Höhe der Preise hinge allein vom Nutzen der Produkte ab. Karl fand diese Behauptung übertrieben, weil alle Sachen ihren Gebrauchswert behielten, egal wie begehrt sie waren. Und ihr Gebrauchswert blieb erhalten, ganz egal, ob sie als unnütz oder überflüssig eingestuft wurden. Man trennte sich von Dingen, die meistens deshalb überflüssig waren, weil sie in großen Mengen rumstanden.

Eine Unmenge an Gütern war ein Überfluss, den erstens niemand mehr wollte und für den zweitens niemand mehr etwas zahlen wollte. Überfluss hatte keinen Preis. Da halfen auch keine Wapperl mehr, die an den Geräten klebten und darauf hinwiesen, dass das Produkt irgendwann mal zum Testsieger gekürt worden war. Auch die Information über Punkte, die das Produkt im Vergleich zu anderen Produkten einst bei einem Produkttest erzielt hatte, zählten nicht mehr. Alle Mittel, die den Nutzwert vor geraumer Zeit hervorheben sollten, wie Rangstufen auf Beliebtheitsskalen, Statements von Nutzern oder was auch immer, hatten ihre Wirkung verloren. Sie konnten weder den Nutzwert als Zusammenspiel von Gebrauchswert und Sinnstiftung objektivieren, noch ihn retten oder auf Dauer erhalten. Sinn und Nutzen eines Gegenstands konnten sich über dessen archaische Zwecksetzung entheben.

Wenn niemand mehr da war, der für die ideelle Botschaft Partei ergreifen konnte oder wollte, war es um die Gegenstände geschehen.

Wie war es umgekehrt, fragte sich Karl. Wie bekamen Sachen oder Gegenstände einen Sinn und er kam zu folgender Überlegung: Die Menschen nahmen Sachverhalte subjektiv wahr. Wenn sie einen Sinn suchten, vertrauten sie nicht zuletzt auf ihr Bauchgefühl und orientierten sich an Meinungen und Verhaltensweisen, die sie anderswoher kannten. Diese verglichen sie mit dem eigenen Standpunkt. Wichtig war, dass sie aus eigenem Antrieb frei und ungezwungen Sachen einen Sinn gaben. Deshalb konnten die Menschen den Nutzwert von ein und derselben Sache völlig verschieden beschreiben und was er ihnen bedeutete. Kunstwerke lieferten hierzu das beste Beispiel. Da gingen die Meinungen und Bewertungen auseinander, weil jeder Betrachter dem Werk seine eigene Bedeutung zuschrieb. Diese persönliche Überzeugung unterstrich oder betonte damit die Singularität sowohl des eigenen Denkens und Verhaltens sowie der Dinge, mit denen die Menschen sich umgaben. In dieser Singularität grenzten sie sich voneinander ab.

Wenn man dagegen auf einen Nutzwert verpflichtet wurde und genötigt war, ein fremdes Urteil zu akzeptieren, regte sich oft viel Widerspruch oder gar Widerstand. Man sollte eine Meinung übernehmen, die nicht die eigene war. Wer darin die sachliche Begründung nicht erkannte oder verstand oder nicht einsehen wollte, begriff die eingeforderte Sichtweise als ein moralisches Gebot, dessen Inhalt wie ein Diktat daherkam, dem man zu gehorchen hatte. Wenn Sinn und Zweck von Gegenständen in Frage standen, führte dies zu Zwietracht und Streit. Ihn in geordnete Bahnen zu lenken und angemessen zu schlichten, konnte nicht immer gelingen.

Viele Dinge, die Karl in den Verliesen fand, waren noch zu gebrauchen. Dazu zählten oft Utensilien, die einmal in Küchen irgendwie als schick und modern galten und angesagt waren. Aber diese Stücke waren irgendwann aus der Zeit gefallen. Anhand mancher Dinge konnte er nacherzählen, welche Epochen oder Wellen der bundesrepublikanische Konsum erlebt hatte. Wann kam etwas so in Mode, dass es fast jeder haben wollte und wann verschwand es wieder unbemerkt aus der Öffentlichkeit? Die Menge an Fonduegeschirren, die Karl schon gefunden hatte, sprachen eine eigene Sprache. Mit einfachen Töpfen hatte es mal begonnen, aber „neuere Funde" zeigten, dass irgendwelche Moden Form und Stil verändert hatten. Tafelservices von früher waren dann komplett, wenn zu Tassen und Tellern auch eine Kaffeekanne, Teekanne und Zuckerdose gehörten. Irgendwann kamen diese Teile aus der Mode und Karl hatte immer ein mulmiges Gefühl, wenn er besonders schön gestaltete Exemplare dieser Kannen und Dosen einfach wegwerfen musste. Er wusste, dass ein paar Sammler nach altem Geschirr suchten, aber das Angebot war viel zu groß, um daraus noch Teile wie Rosinen rauszupicken, die Geld einbrachten.

In einem Buch hatte Karl gelesen, dass der Wert von materiellen Gütern, den ein Unternehmen als Vermögen besaß, in keinem Verhältnis zu dem stand, was die immateriellen Güter als Vermögen für die Unternehmen bedeuteten. Mit Urheberrechten und anderen verbrieften Rechten an Wissen in Form von Patenten, Markenrechten, Lizenzen oder als geschützte Gebrauchsmuster usw. verfügten die Unternehmen über ein Vermögen, das sie zu Marktwerten in die Bilanz schrieben und dessen Wert in Summe deutlich höher sein konnte als der Gesamtwert der materiellen Vermögensposten. Das Paradoxe daran war, fand Karl, dass diese immateriellen

Güter nur dann als Werte wahrnehmbar waren, wenn sie auf Materie, d.h. Papier niedergeschrieben und mit Urkunden oder Dokumenten rechtlich bezeugt wurden. Ein Eigentumsrecht war dann gesichert, wenn es auch auf Papier verbrieft auf dem Tisch lag. Gingen die Papiere verloren, verloschen auch die Rechte und von ihrem Glanz blieb nichts übrig. Die immateriellen Vermögenswerte lösten sich in Luft auf. Manche als verloren geglaubte Werte ließen sich mit Nachforschungen und anderen Anstrengungen auch wieder retten und zu den eigenen Rechtsgütern hinzufügen.

Nach Karls Ansicht machte es keinen Sinn, wenn Privatpersonen das Inventar ihres Vermögens nur elektronisch gespeichert aufbewahrten. An diese Praxis hatte er doch erhebliche Zweifel. Wie oft musste er sich anhören, dass Computer nach dem Tod des Nutzers nicht mehr zugänglich waren, weil niemand an die verschlüsselten Daten herankam. Dann brauchte man jemand mit Spezialwissen, der Zugangscodes oder verschlüsselte Daten aufbrechen konnte. Karl hielt sich zugute, dass er wichtige Daten auch als Papierdokumente aufbewahrte.

Der intellektuelle Reichtum konnte nur dann seine Wirkung entfalten, wenn er auf materiellen Trägern oder Medien festgehalten und gespeichert war. Gedanken und Gefühle konnten die Lebenden mündlich weitergeben, aber sie als geistige Inhalte zu erhalten, gelang nur dann, wenn sie Medien nutzten, die die Nachkommen auch mit materiellen Geräten lesen, sehen oder hören konnten. Nur so konnten die Urheber ihre geistigen Inhalte als Schätze geschützt an andere Personen weitergeben. Aussagen, die für alle verbindlich waren, mussten am besten wie „in Stein gemeißelt" sein. Solange Wissen und Gefühle nur in den Köpfen herumschwirrten, konnte sie niemand wissen oder entschlüsseln und waren für Außenstehende ohne Bedeutung und ohne Gewicht.

Karl zog ein Fazit: Die nachfolgenden Generationen sorgten dafür, in welcher Geschwindigkeit materielle Dinge aus den Erinnerungen verschwanden und ihre Bedeutung verloren. Waren die Erinnerungen, die an den Objekten hingen, erst einmal aus ihrem geistigen Museum verbannt, waren sie wertlos, sowohl ideell als auch materiell. Im Kern, war Karl überzeugt, bewahrten die Menschen in erster Linie nicht die Gegenstände auf, sondern die dazu gehörenden Anschauungen, die an ihnen hafteten. Im Akt des Wegwerfens lösten sich die Menschen von den Ideologien. Zuerst verschwand deren Bedeutung, danach die Sache selbst. Ohne ihre in Gedanken und Gefühlen geäußerten Zuschreibungen ergaben die materiellen Dinge für die Menschen keinen Sinn und bedeuteten nichts.

Karl und Achmed waren heilfroh, dass sie mit Geld als Erbschaft nichts zu tun hatten, denn dies war ein eigenes Kapitel. Wer meinte, dieser Teil des Nachlasses war am einfachsten zu regeln, irrte. Wie oft mussten sie sich anhören, wie Erben erstaunt berichteten, dass sie die Zahl der Konten auf den ersten Blick nicht überblicken konnten und die Höhe des Vermögens deshalb unklar blieb. Dann fehlten Sparbücher und sie mussten zum Beispiel nachforschen, bei welcher Bank Dinge in Schließfächern verwahrt waren. Die Erzählungen über einen angeblich hinterlassenen Wirrwarr stellten den Verstorbenen in ein schlechtes Licht. Entweder konnte er nicht mit Geld umgehen und war kein Organisationstalent oder er war nur misstrauisch. Niemand sollte ihm bei seinen Finanzgeschäften in die Karten schauen können.

Trotzdem kamen sie bei ihrer Arbeit mit Geld in Berührung. Es waren meistens zufällige Fundstücke, die irgendwo versteckt waren. Offen lag nirgendwo Geld herum. Was sie entdeckten, war eben nur Geld als „Material," zum Beispiel einen Haufen an Münzen oder zu Bündeln geschnürte Banknoten. Oft genug waren es ausländische Währungen, auch alte D-Mark-Scheine waren dabei. Natürlich kamen auch alte Papierauszüge von Bankkonten ans Tageslicht, aber sie waren nach einem flüchtigen Blick meistens schon veraltet. Kamen überholte oder auch aktuelle Kontenübersichten zum Vorschein, dann entsorgten sie diese als Papier. Münzen und Noten lieferten sie beim Kunden ab. Ganz selten entdeckten sie bei ihrer Arbeit Goldbarren oder Silbermünzen. Diese hatten die Erblasser oft gut versteckt, wohl aus Angst vor Diebstahl und Einbruch. Irgendwann hatten sie vergessen, wo die Goldstücke rumlagen und nicht mehr daran gedacht, wie sie auf normal geregeltem Weg in die Hände der Erben gelangen konnten.

Karl wusste aus etlichen Gesprächen mit Freunden, dass die Menschen sich Edelmetall nur deshalb zulegten, weil sie auch ein materielles Geld besitzen wollten, das mit Händen greifbar war. Sprichwörtlich gesagt, trauten sie dem Frieden nicht und sie hegten offenbar ein Mistrauen gegenüber dem Geld, das nur in Büchern stand und deshalb Buchgeld hieß. Man wollte sich eben nicht nur darauf verlassen, dass Vermögensposten nur aus Schuldtiteln bestanden, die lediglich auf Papier niedergeschrieben oder elektronisch gespeichert waren. Man wollte unbedingt für alle Fälle eine „eiserne" Reserve im Haus liegen haben und im Notfall auf sie zugreifen können. Deshalb horteten sie ihr Edelmetall auch nicht in einem Banktresor, sondern direkt im Haus.

Wenn Karl und Achmed sich Geschichten anhören mussten, die ihnen die Kunden über Geld als Erbe erzählten, spürten sie jedes Mal, welches Glück sie hatten, dass sie außen vor waren.

Achmed fiel dazu auf: „Wenn Kunden Geldsummen nennen, die beim Vererben im Spiel sind, dann zählen die Kunden dazu meistens auch die Werte von Immobilien und anderen Vermögensposten, die man per Banküberweisung leicht auf sein eigenes Konto übertragen konnte. Der Vorteil beim Geld ist ja, dass man eine Geldsumme genau beziffern kann, die einem aus dem Erbe zusteht. Dieses Geld fordern manche Erben genauso ein wie das Geld, das ihnen für die eigene Arbeitsleistung zusteht."

Karl ergänzte: „Die Schlüsselszene in diesem Theater umschreibt die Rede von der 'Schuld'. Was ein Verstorbener als Geschenk an die Erben versteht, verwandeln sich zu einer Verpflichtung, die der Erblasser den Erben schuldet. Was als eine Schuld ausgelegt wird, versteht der Erbe umgekehrt als einen Anspruch an Geld, was ihm zusteht. Dass die Menschen ein Erbe als eine Schuld begreifen, tun sie wahrscheinlich schon solange es Geld gibt und dieses vererbt wird. Diese Sichtweise ist allem Anschein nach so alt wie die Zivilisation. Die Erben drehen den Standpunkt und wandeln die Erwartung an ein Erbe zu etwas, was ihnen ein Erblasser schuldet."

„Mir fällt dabei noch Folgendes auf," sagte Karl. „Wenn das Erbe zu einer Summe Geld gerinnt, dann wirkt das auf mich am Ende kalt und unpersönlich. Das Übergeben von Geld reduziert das Vererben auf die Sprache des Geschäfts, Geben und Nehmen sind von Gefühlen und persönlichen Beziehungen befreit. An einer Geldsumme hängt der Hauch einer toten, erkalteten oder abgebrühten Beziehung. Der Volksmund sagt, dass beim Geld die Freundschaft aufhört. Hier ist es nicht anders. Beim Vererben von Geld verliert eine Erbschaft ihren tieferen Sinn und verwandelt sich zu einer unpersönlichen Sache. Die persönliche Beziehung und die Rücksicht auf den Willen und die Absichten der Verstorbenen, seinem Nachlass eine Bedeutung zu geben, erlischt. Wie bei einer Münze, gibt es hier zwei Seiten: Wer nur auf die Ziffer schaut, beginnt zu zählen und vergisst, was das Symbol auf der Rückseite verrät, nämlich wem man das Geld verdankt und wer es in Umlauf bringt. Geld ist von jeder Moral befreit und so auch vererbte Geldsummen. Wer fragt dann noch, wie der Verstorbene im Laufe seines Lebens überhaupt zu seinem Geld gekommen ist? Es spielt auch keine Rolle, was der Erbe mit dem Geld anstellt. Am Ende ist es den Erben völlig egal, wem sie das erhaltene Geld verdanken und manche tun so, als hätten sie allein für ihren Reichtum gesorgt."

Achmed fügte hinzu: „Stehen nur Geldbeträge in Aussicht, kann dies den sozialen, kollektiven Zusammenhalt der Erben gefährden, aber andererseits hat das Vererben von Geld ganz klare Vorteile. Geldguthaben gedeihen im Stillen. Das Geld ruht leblos im Verborgenen, die Außenstehenden sehen es nicht und spüren es nicht. Erst wenn ein Testament eröffnet ist, wird den Erben offenbart, wieviel Kohle auf sie wartet. Manche wissen es, andere haben es sich all die Jahre nur eingebildet und natürlich sind einige auch überrascht. Erst wenn es Schwarz auf Weiß im Vermächtnis steht, kommt Geld ins Leben zurück. Ähnliches geschieht bei Schulden, die übrigbleiben, wobei diese niemand erben will. Beim Geld ist vor allem eines vorteilhaft, es lässt sich gut stückeln und eine Erbschaft kann so besser auf die Erben aufgeteilt werde. Geldbeträge lassen sich auf die individuellen, singulären Ansprüche der Geldempfänger passend zuschneiden."

„Erben streiten kaum um Tisch und Stuhl. So richtig heftig geraten sie erst aneinander, wenn Geld im Spiel ist," führte Karl den Gedanken fort. „Dann fühlen sich manche um ihren Anteil geprellt und behaupten, dessen Höhe sei ungerecht. Wir kennen genügend Erbfolgekriege aus dem Geschichtsbuch. Bei denen ging es den Aristokraten um die Macht, die in den Händen der nächsten Generation bleiben sollte. Auch die Gesellschaftspresse beschert uns genüsslich meist voller Häme solche Geschichten. Ein sachlicher Grund kann sein, dass die Nachkommenschaft oder der Kreis der Erben nicht oder ungenügend geregelt ist und das Übertragen von Eigentum an die nächste Generation deshalb Probleme bereitet. Dann melden sich einzelne oder alle Erben und behaupten, dass sie mit dem zugedachten Erbe ungerecht behandelt werden. Sie meinen, ihnen stünde mehr zu, als das, was für sie vorgesehen ist. Jedenfalls vollzieht sich hier im Kleinen, was in den Medien oder dem Geschichtsbuch über die großen und realen Erbkonflikte steht."

„So gehören Erbstreitigkeiten wohl zum Leben," meinte Achmed. „Sicher spielt hier eine Rolle, dass eine Erbschaft wie ein Lottogewinn daherkommt. Es wird ein Eigentum übertragen, für das die Erben keine Leistung erbringen. Geerbtes Geld ist ein geschenktes, damit leistungsloses Einkommen und sind mehrere Nachkommen oder Erbberechtigte im Spiel, beginnen sie ihr Ererbtes zu vergleichen und sie begeben sich in eine Konkurrenz, in der die einen gewinnen und die anderen verlieren. In diesem Gezerre wird dann der Verstorbene nachträglich noch mit Kritik überzogen, was aber wenig hilft. Streiten können nur die, die noch leben. Oft gelten die Verlierer als Spielverderber, wenn sie nachträglich Genugtuung für die ihnen widerfahrene Schmach verlangen. Die Verlierer fordern mehr, als das, was ihnen laut Papier zusteht und beschuldigen die Gewinner, Erbschleicherei zu betreiben. Umgekehrt weisen die Gewinner genüsslich darauf hin, wohl besser in der Gunst des Erblassers zu stehen, wofür es sicher nachvollziehbare wie auch erfundene Gründe gibt."

„Erbschleicher haben es meistens nur auf das Geld abgesehen!" behauptete Karl.

Beide beobachteten oft genug, wie Erben nicht wussten, was sie mit Gegenständen anstellen sollten, die in ihren

Augen nicht mehr als überflüssiger Tand und unnützer Zierrat waren. Bei der Zuteilung von Gegenständen stand der Vorwurf, hier sei Erbschleicherei im Spiel, seltener im Raum, was sicher auch wahr war. Die Absicht, sich ein Erbe zu erschleichen, entstand aus Neid und verwandelte sich in den meisten Fällen zu einer Gier nach Geld oder Vermögensposten, die sich leicht verflüssigen ließen. In den vielen Geschichten, die ihnen Kunden vortrugen, mussten sie sich anhören, wie sich Betroffene um ihr Erbe geprellt fühlten. Manche waren der Meinung, sie wurden schlicht und ergreifend von den Miterben betrogen. Solche Erzählungen schockten sie nicht mehr, denn egal wie die Zukurzgekommenen ihre Geschichten vortrugen, ob rührend oder um Verständnis heischend, die Erbschleicherei wurde von allen Seiten immer als Drama vorgetragen: Anstand und Sitte versagten und die „Schleicher" handelten immer gerissen und skrupellos.

Unter den Zukurzgekommenen waren diejenigen völlig verrufen, die, so der Vorwurf, auf eine gewachsene Familienideologie keine Rücksicht nahmen und mit ihrer Gier den guten Ruf der Familie insgesamt in den Dreck zogen und damit dem Ansehen der Familie in ihrem sozialen Umfeld schadeten. Wenn die Erben über die Gerechtigkeit von „vermachten" Geldzahlungen nachdachten, gaben sich die Klügeren am Ende zufrieden und die weniger Klugen rauften miteinander.

Karl kam nur mit denen in Kontakt, die als direkte Nachkommen noch den Hausrat entfernen sollten, den die Erbschleicher, das war auch so ein Vorwurf, ihnen sozusagen großzügig oder aus Bequemlichkeit hinterlassen hatten. Obwohl sie sich geprellt fühlten, weil die Immobilie zum Beispiel aus ihrer Sicht in die falschen Hände geraten war, sahen sie sich dennoch verpflichtet, Haus oder Wohnung zu räumen. Manchmal taten sie es nur deshalb, weil der Erblasser sie für sie Verwaltung des Nachlasses vorgesehen und damit zu diesem Dienst verpflichtet hatte.

Jagen und Sammeln

Als Karl und Achmed neulich ein anderes Haus betraten, fielen ihnen sofort die Jagdtrophäen auf, die an den Wänden im Eingangsbereich hingen. Es waren nur kleinere Exemplare, wie Geweihe oder Gehörn von Rehen und anderen vergleichbaren Tieren. In diesem Fall hingen sie nur irgendwie rum und waren nicht so an den Wänden angebracht, dass sie von der Passion erzählten. Alle Exponate wirkten grau und verstaubt.

„Da sind wir ja in einem Jägerhaushalt angekommen," sprach Karl den Hausherrn an: „Wer war denn im Haus der Jäger?"

„Mein Vater war es nicht, sondern mein Großvater. Die Dinger an der Wand hängen da schon länger, aber diese Trophäen störten niemand all die Jahre. Sie gehören irgendwie zum Inventar und alle, die hier aus und ein gehen, haben von den Exponaten kaum Notiz genommen."

„Sollen sie bleiben oder sollen wir sie mitnehmen."

„Nein, die bleiben. Die fallen ja nicht auf. Sie erinnern an den Großvater. Na ja, irgendetwas muss ja im Flur hängen. Aber im Keller, der zu räumen ist, werden Sie noch andere Exemplare finden, die zu entsorgen sind."

„Welche Größe haben denn die Trophäen," fragte Karl zurück.

„So wie diese, Tierpräparate sind nicht dabei. Was wir hatten, haben wir selbst entsorgt."

„Das ist gut, denn hier bewegen wir uns ab einer bestimmten Größe in einem Bereich, bei denen es uns recht ist, wenn die Eigentümer sie selbst entfernen."

„Wie soll ich das verstehen?" fragte der Hausherr.

„Die großen Präparate, die wir gemeinhin als ausgestopfte Tiere bezeichnen, sind ja meistens schon etwas älter. Deshalb gehören sie aufgrund der früher angewendeten Präparationsverfahren in den Sondermüll. Wenn wir das tun sollen, möchten wir für den Aufwand bezahlt werden. Um dieses Geld zu sparen, verpacken die Eigentümer diese Viecher in Plastik und werfen sie in die Hausmülltonne." erklärte Karl dem Kunden, dem man ansah, dass er sich offenbar darüber noch nie einen Gedanken gemacht hatte.

„Das liegt doch auf der Hand," entgegnete der Kunde.

Die Menschen hatte ihr Dasein auf Erden ja mal mit Jagen und Sammeln begonnen und sorgten so für das Lebensnotwendige. Diese Tätigkeiten deuteten Wissenschaftler als Urtriebe, von deren ursprünglichem Zweck sich die Menschen im Lauf der Jahrhunderte Schritt für Schritt entfernt hatten. Das Jagen und Sammeln hatten sich in der Neuzeit von einer Notwendigkeit zu einer Leidenschaft verwandelt. Beide Tätigkeiten blieben erhalten, hatten aber nicht mehr zwingend mit dem Erlegen von Wildtieren und dem Einsammeln von Feldfrüchten zu tun. Jagen, Sammeln und Vorratshaltung waren im öffentlichen Diskurs etwas in den Hintergrund geraten

Karl kannte nur wenige in seinem Umfeld, die heute noch Wildtiere jagten, gleichwohl war das Jagen immer noch gefragt, allerdings in einem anderen Sinn. Wer heute jagte, suchte die günstige Gelegenheit, den Schnapp, das Schnäppchen, die Überraschung oder das Neue. Es kam auch vor, dass Einzelhändler zur Jagd auf die tollen Preise bliesen. Man versuchte mit einfachen Begriffen aus dem Jägerlatein die Menschen zu ködern und versprach in Schlussverkäufen eine gute Trefferquote.

Die Jäger sahen im Jagen eine Passion, der sie nachgingen oder der sich verschrieben hatten. Karl fand, dass es immer schwieriger wurde mit Jägern ins Gespräch zu kommen. Anscheinend spürten sie, wie abgesondert sie von der Mehrheit an einer Betätigung hingen, die im öffentlichen Diskurs nicht gut wegkam. Denn für Adelige, Bauern oder Landwirte, also Leute, die Wald und Flur besaßen, war das Jagen irgendwie noch erschwinglich und erfüllte seinen tradierten Zweck. Ansonsten war das Jagen Menschen mit Geld vorbehalten, wie Geschäftsleuten, Managern in den oberen Hierarchieebenen oder Freiberuflern. Das Jagen kostete etliches Geld und war deshalb zu einer Prestigeangelegenheit geworden. Nur wenige gingen zur Jagd, weil sie es allein auf das Wildbret abgesehen hatten. Zudem kostete die Jägerprüfung nicht nur Geld, sondern auch Zeit. Um einen Jagdschein zu erwerben, musste man sich auf die Jägerprüfung vorbereiten und diese Ausbildung galt als anspruchsvoll und wurde mit dem Lernen für das Abitur verglichen. Den Nimbus des exklusiv Vorzeigbaren hatte das Jagen Schritt für Schritt verloren. Große Unternehmen hatten ihre Jagdgründe bzw. Jagdreviere bereits aufgegeben. Früher gingen dort Topführungskräfte auf die Jagd und wer in diese Reviere zu Gesellschaftsjagden eingeladen wurde, wollte nicht nur Wild erlegen, sondern auf Augenhöhe mit seinesgleichen verkehren und Kontakte pflegen. Leider gab es in den Topetagen immer weniger Jagdbegeisterte, besser gesagt Jagdberechtigte, für die eine Jagdeinladung Sinn machte. Während der Reiz am Jagen verging, war der des Sammelns geblieben.

Auf einer Fahrt zum Kunden kamen Karl und Achmed ins Gespräch. Als Achmed fragte, was zu tun war, erklärte Karl:

„Es geht um einen Keller, der zu räumen ist, aber mal sehen, ob es auch dabei bleibt."

„Hoffentlich geht es nur um Möbel und handfestes Zeug. Das Drama mit der Sammlung an Gläsern voll mit

Eingemachtem müssen wir nicht schon wieder erleben und uns antun."

"Wir haben das Zeug ja nicht mitgenommen."

„Und was hattest du dem Kunden geraten?"

„Der Kunde hatte ja einen riesigen Garten." Deshalb habe ich ihm vorgeschlagen, die Gläser an der Grenze zum Nachbargrundstück zu vergraben."

„Wie, die ganzen Gläser?"

„Natürlich nur den Inhalt, nur selbst eingemachtes Obst und Gemüse. Wenn solche Sachen mal älter als drei Jahre sind, das war ja der Fall, will das keiner mehr essen. Interessant war ja auch, dass Konserven mit neuerem Datum nicht dabei waren. Offenbar hatte die Verstorbene in den letzten Jahren das Einkochen eingestellt. Oder die Ernte war in den Jahren so groß, dass die eingekochten Vorräte gar nicht verzehrt werden konnten."

„Ein bisschen denken wir ja auch wie Archäologen."

„Da hast du recht. Jetzt kommt noch der eigentliche Clou: Der Kunde war da völlig hilflos, eigentlich überfordert mit dem, was zu tun war. Ich habe ihm alles erklären müssen: Zuerst ist eine Grube auszuheben, gerade so tief, dass das Zeug reinpasst und noch circa dreißig Zentimeter Erde darüber passen. Dann streift man sich Gummihandschuhe über und entleert die Gläser. Vielleicht muss man mit einem Löffel etwas nachhelfen. Wenn alle Gläser entleert sind, kommt Erde drüber, die die Melange aus dem Eingemachten abdeckt. Dann fragte er noch, was er mit den leeren Gläser tun soll. Zur Altglas-Tonne bringen und dort entsorgen, habe ich geantwortet. Auch das musste ich ihm nahebringen."

„Das ist ja abfalltechnisch nicht ganz in Ordnung."

„War aber das Beste, was mir dazu eingefallen ist," war Karl überzeugt. „Wozu gibt es solch große Gärten? Dort wird es doch einen Flecken Erde geben, wo man Dinge versenken kann, die sich als Kompost dann sowieso in Erde verwandeln. Dieser Vorgang ist bei vielen Gärten völlig in Ordnung, gerade dann, wenn dort mit allem verfügbaren Gift ständig nicht nur die Insekten vertrieben werden, sondern auch Pilze, Moos, Blühpflanzen und Kräuter, dann kann auf diesem Flecken Erde nichts wachsen und gedeihen. Zudem schneiden die Gartenbesitzer das Gras, vornehm als Rasen bezeichnet, so kurz, als sei das Wachstum von Grashalmen ein verbrecherischer Eingriff in die erträumte Idylle vom Schöner-Wohnen. In solchen Fällen ist es gut, wenn ein bisschen Leben in die Erde kommt und etwas verfaulen und sich zersetzen kann Das freut die Würmer und zieht alles an, was sonst noch im Boden aktiv ist, frei nach dem Spruch eines Karikaturisten: Die Würmer werden es verspeisen, schmatzend wie küssend."

„Du hast ja recht, das sehe ich genauso. Aber eigentlich gehört das Zeug in die braune Tonne."

„Stimmt! Aber kannst du dich erinnern, wieviel Gläser das waren? Das ganze Zeug hätte in eine Tonne ja gar nicht reingepasst," erwiderte Karl.

„Aber wieso sollte er es an der Grenze zum Nachbarn vergraben?"

„Ja, weil problematischer Müll immer in Grenznähe zu versenken ist. Das haben wir doch vom ersten Versuch gelernt, als Politik und Wirtschaft ein Endlager für den Atommüll suchten. Und wo wurde es eingerichtet? Im Wendland, sprich in Gorleben, in direkter Nähe zur DDR," erklärte Karl.

„Hatte die DDR damals dagegen protestiert?

„Weiß ich nicht mehr, aber hätten sie es getan, hätte man ihnen das Maul mit einem Kredit gestopft. Sie ruhig zu stellen, wäre der BRD nicht das erste Mal gelungen."

„Ich glaube, die offizielle DDR hatte damals selbst noch keine Vorstellung davon, wie man mit dem Atommüll umgehen soll."

„Na ja, wie auch immer. Ich habe da gelernt: Wer etwas zu vergraben hat, tut das am besten in Grenznähe und natürlich macht man so etwas nicht am helllichten Tag." zog Karl als Fazit.

„Besser erscheint vielen, problematischen Müll generell auf fremdem Grund und Boden zu lagern. Da gibt es ja auch in der Politik einfache Denker, die vorgeben, sich für die Heimat einzusetzen. Jede Art von Konsum ist erlaubt und mancher ist sogar heilig, aber die Reste schiebt man über die Heimatgrenze dorthin, wo man meint, nicht mehr zuständig zu sein. Dann landet der Müll in Afrika oder Asien."

Karl hatte kein schlechtes Gefühl, wenn er seinen Kunden Vorschläge unterbreitete, die im grauen Rechtsbereich angesiedelt waren und etwas zwielichtig erschienen. Karl begann seine Empfehlung an den Kunden so zu begründen: In großen Gärten gab es doch immer irgendwelche Ecken, die sowohl die Besitzer als auch die Nachbarn schwer einsehen konnten. Unter schattigen Bäumen wuchs nichts. Und warum sollte dort nichts lagern dürfen, was eine gewisse Zeit brauchte, um zu verrotten. Besser wäre natürlich gewesen, wie die Geschichte der Biergärten in München lehrte, wenn dort unter der Erde etwas Sinnvolles heranreifen würde. Der Schatten der Bäume diente einem anderen Zweck. Einmal las er in einem Magazin, dass die Menschen in Zukunft häufiger Friedhöfe aufsuchen würden. Dort spendeten große Bäume viel Schatten und ein Aufenthalt unter ihnen war an Sommertagen viel angenehmer als an heißen Orten zu sitzen und unter der Hitze zu leiden. Wenn die Toten im Schatten ruhen durften, dann sollte dies auch den kompostierenden Hinterlassenschaften der Menschen möglich sein. Wenn die Menschen in Zukunft gezwungenermaßen mehr Schutz vor der Sonne brauchten, dann verfügten die Gartenbesitzer über ein Stück

Natur, das ihnen Zuflucht vor der Sonne bot. Sie konnten auf Plätzen und Ecken verweilen, wo nicht Sonnenschirme, sondern Bäume ihnen Schatten spendeten. Wenn sich im Boden Kompost befand, würden sie bei einem Aufenthalt dort zugleich an die eigene Endlichkeit des Seins erinnert.

Karl und Achmed waren sich darin einig, dass die Menschen, die Nahrungsmittel nicht nur sammelten, sondern auch konservierten und aufbewahrten, dem Urtrieb des Sammelns am nächsten kamen. Nur in den wenigsten Fällen taten sie es, weil sie Vorräte brauchten, um nicht von der Hand in den Mund leben zu müssen oder weil sie die gelagerten Lebensmittel für die Zeiten brauchten, in denen nichts Essbares wuchs und man nur vom Aufzehren der Vorräte überleben konnte. Diese Art von Vorratshaltung war nur noch eine Begleiterscheinung des Konsumierens, das als Kosten, Genießen oder Schlemmen zelebriert wurde. Wer heutzutage noch Früchte sammelte, tat dies nicht, weil es für ihn absolut lebensnotwendig war, sondern für ihn gehörte das Sammeln zu einem Lebensstil, der sich mit der Natur beschäftigte und sich ihr verbunden fühlte.

Beim Verbrauch von Lebensmitteln war mittlerweile die Art und Weise wichtig, auf welch raffinierte Art sie zubereitet und verzehrt wurden. Das Konservieren von Lebensmitteln unterlag auch bestimmten Modewellen. Irgendwann galt das Fermentieren von Gemüse als schick. Dann flaute diese Mode wieder ab und so wunderten sich Karl und Achmed nicht, wenn sie Gläser aus den Verliesen hervorgeholten, von deren Inhalt die Erblasser nichts wussten oder gar ahnten.

Beide beobachten aber, wie eine nützliche Seite des Sammelns wieder in den Alltag sich ausbreitete. Sie erkannten es im Einlesen von Pfandflaschen. Dahinter verbarg sich keine Leidenschaft, denn die Sammler taten es, um mit dem

Pfanderlös ihren Lebensunterhalt zu bestreiten, zumindest teilweise.

Karl und Achmed erlebten die Überreste des Sammelns in all seinen Formen. Was in den Verliesen lagerte und in Vergessenheit geriet, hatte mit dem Grundmotiv des Sammelns nichts gemein. Wenn die Menschen ihre Speicher, Keller oder Garagen füllten, geschah dies meistens aus Faulheit oder Unbequemlichkeit. Irgendwann verloren sie die Kontrolle darüber, was sich dort im Lauf der Zeit aufstaute. Sie nahmen sich weder die Zeit noch fühlten sie sich zuständig, Dinge auszusortieren, auf den Wertstoffhof zu bringen oder sie über eine Handelsplattform im Internet oder Kleinanzeigen in Gratis-Wochenblättern als Geschenk oder Gebrauchtware gegen Geld anzubieten. Dieses Anhäufen verlief oft im Stillen und geschah im Verborgenen. Es wurde meistens nicht groß beachtet. Nur in wenigen Fällen verbarg sich dahinter eine Leidenschaft, in der Regel geschah es aus einer Mischung aus Trägheit und Nicht-Wegwerfen-Wollen. Dieses Anhäufen passierte einfach.

Achmed fiel noch eine Episode ein, die sie bei ihrem Job erlebt hatten:

„Karl, kannst du dich noch daran erinnern, als wir in einer Wohnung Unmengen von Alkohol vorgefunden haben? Und dann lagen in einem Schrank noch mehrere Stangen Zigaretten, alle filterlos von einer Marke, die heute kaum noch ein Raucher kauft und raucht."

Karl erinnerte sich und meinte:

„Ja, wir haben zuerst überlegt, wem wir mit den Zigaretten noch eine Freude bescheren oder etwas Gutes tun können. Aber uns fiel niemand ein. Über Kleinanzeigen darf man solche Genussmittel ja nicht anbieten."

„Ich habe einen Tabakhändler darauf angesprochen, dessen Laden bei mir um die Ecke liegt. Er meinte, er hätte eine solche Menge an filterlosen Zigaretten auch nicht genommen, da unter seinen Kunden niemand mehr diese Marke raucht," erinnerte sich Achmed an ihr Dilemma, die Zigaretten noch irgendwie unterzubringen.

„Offenbar hatte der verblichene Raucher seinen Bedarf in großen Mengen bestellt, weil ein Händler die filterlose Marke nur in größeren Mengen besorgen konnte." Und Achmed fiel noch ein: „Als wir diesen Vorrat gemeinsam mit unserem Auftraggeber entdeckt haben, war auch er sprachlos. Er sagte, er könne mit diesem ‚Erbteil‘ nichts anfangen und meinte wohl nicht ohne Grund, dass der Verstorbene offensichtlich wohl Opfer seines Hobbies geworden war."

„Habe alles in den Restmüll geworfen, der ja verbrannt wird. Ist beim Tabak ohnehin üblich."

„Sieben Stangen Zigaretten sind eine Menge Geld. Zigaretten waren ja mal nach dem Krieg eine Ersatzwährung." Achmed nahm diese Erkenntnis nur missmutig hin.

Es gab noch eine andere Aufgabe, die beide, Karl und Achmed, oft überforderte. Es ging um Kühltruhen und Gefrierschränke, die mit Fleisch oder Fleischprodukten gefüllt waren. Manches war dort viel zu lange eingelagert und niemand von den Erben wollte die eingefrorenen Stücke haben. Wenn Kunden ihnen diese Aufgabe zuschoben, dann mit der Anmerkung: „Auch ja, da gibt es noch Tiefgekühltes, was weggehört." Diese Bemerkung spielte die Angelegenheit herunter, machte sie aber nicht besser.

Privatpersonen war es erlaubt, Fleisch in die Bio- oder Restmülltonne zu entsorgen, wenn es nur um kleine Mengen ging. Im Internet konnte man erfahren, wie man die

Fleischstücke vorher verpackt, damit sich beim längeren Verweilen in der Tonne die schlechten Gerüche, die der beginnende Verwesungsprozess auslöste, in Grenzen hielten und Fliegen nicht so schnell an die verderbende Ware herankamen. Aus diesem Grund überließ Karl die Entsorgung, wenn es nur um den Inhalt einer Truhe oder eines Schranks ging, den Kunden. Waren größere Mengen in Spiel, musste eine Firma eingeschaltet werden, die die Lizenz besaß, sogenannte tierische Abfälle zu entsorgen.

Ein anderes Kaliber von Abfall war der Berg an Klamotten, den sie fast bei allen Kunden vorfanden. Die Menschen hatten sich ihn im Laufe ihres Lebens zugelegt und waren zu keinem Zeitpunkt auf die Idee gekommen die nicht getragenen Stücke zu entsorgen. Alt oder kaputt oder abgetragen waren sie in der Regel nicht, höchstens aus der Mode gekommen. Und besonders krass waren Fälle, wenn sie noch Sachen fanden, die originalverpackt waren und zwar nicht als ein paar Einzelexemplare, sondern sozusagen in großen Mengen, gelegentlich in Massen.

Achmed erinnerte sich:

„Weißt du noch neulich unser Einsatz bei einem Alten, der die Wohnung seiner Zweitfrau entsorgen musste?"

„Er hatte uns angeheuert, weil er sich, man kann es so sagen, in einer seelischen Notlage befand."

„Die Berge von Klamotten, die sich dort in verschiedenen Räumen auftürmten, waren ungeheuer."

„Ich weiß noch Achmed, wie wir uns danach gefragt haben, ob dieses Verhalten typisch für einen Messie ist oder wie man das Verhalten anders erklären kann."

„Kaufrausch oder Kaufzwang würde ich sagen. Ist aber keine Erklärung, die so richtig auf den Grund führt."

„Was treibt einen Menschen dazu, über jedes Bedürfnis hinweg ständig Sachen zu kaufen, und sie am Ende nicht mal aus der Verpackung herauszuholen?" fragte Karl.

„Vielleicht hatte die Dame ständig Liebeskummer, hatte kaum soziale Kontakte, der Liebhaber besuchte sie zu selten und da war der Paketbote die einzige Abwechselung am Tag."

„Das könnte die Sache erklären," meinte Karl und fügte hinzu: „Ihre Konfektionsgröße lag ja weit weg von den Durchschnittsgrößen der gesellschaftlichen Mitte. Ich habe mich damals im Bekanntenkreis umgehört, wer denn Größe 34 trägt und Lust auf neue Klamotten hätte, aber da gab es niemanden."

„Insgesamt war die Menge an Klamotten so groß, dass ein Mensch diese Stücke jemals in seinem eigenen Leben hätte tragen können," meinte Achmed.

„Der Wahnsinn war ja, dass selbst im Speicher, also der letzten Station für Ungenutztes, noch Pakete rumlagen, die nicht mal geöffnet waren."

„Das ist so ein Beispiel dafür, dass Menschen kaufen, ohne das Gekaufte zu konsumieren und es nicht mal für notwendig oder sinnvoll erachten, sich die gekauften Sachen wenigstens mal anzuschauen. So etwas kenne ich nicht," meinte Achmed leicht entrüstet.

„Manche Kartons waren von irgendwelchen Nagern schon angebissen. Da die Ware aber in Plastikfolie verpackt war, sind sie nicht weit gekommen."

„Und da hatten sich nicht nur Mäuse um die Sachen bemüht. Die Spuren von Kot, die rumlagen, ließen eindeutig darauf schließen, dass es noch andere Viecher gab, die dort nach Brauchbarem gesucht hatten, möglicherweise Marder oder Siebenschläfer."

Karl blickte nochmals zurück: „Als mir der Kunde bei der Erstbegehung den ganzen Krempel zeigte, machte er ja ein paar Andeutungen, wieso seine Geliebte in diese Sammelwut geraten war. Er wusste es schon länger, konnte aber mit gutem Zureden nichts erreichen und den Geldhahn zudrehen ging auch nicht, denn dann hätte die Dame das ganze Verhältnis ans Tageslicht gebracht. Diese Beziehung bestand nicht nur ein paar Jahre, sondern dauerte mehr als zwei Dekaden."

„Dem guten Mann gelang es, all die Jahre ein Doppelleben zu führen, das er offenbar exzellent orchestrieren konnte. Offenkundig hatte er hierfür Geld und konnte ohne schlechtes Gewissen und ohne seelische Beklemmungen die Hauptrolle in diesem Theater spielen."

„Stapel an Klamotten gehen ja noch. Schlimmer ist es noch, wenn wir in Haushalte kommen, wo wir jede Form von Abfall finden, der nie weggeworfen wurde. Von Ameisen bis Maden haben wir ja schon alles erlebt."

„Die Ameisen rennen dann erstmal orientierungslos herum, wenn wir ihnen ihr Nest nehmen."

„Da sind uns die sauberen Messies schon lieber." Karls Fazit überzeugte beide.

Wenn Karl mit seinem Kollegen vor vollgefüllten Verliesen stand, dann wussten beide, dass dieses Ansammeln nicht als einmaliger Akt geschah. Karl und Achmed hatten mal spielerisch durchgerechnet, wieviel Zeit ein Mensch brauchen würde, wenn er sich seiner Sammelstücke im gleichen Tempo wieder entledigen wollte, wie er sie in seinen Fundus aufgenommen hatte. Das Ergebnis lag auf der Hand: Er brauchte ein zweites Leben. Und denjenigen, denen der ganze Kram nach dem Tod des Sammlers als Nachlass verwandelt vor die Füße fiel, erging es nicht anders. Sie wollten sich nicht ein Leben lang damit beschäftigen, sich von diesem Ballast zu trennen und waren auf Leute wie Karl und Achmed angewiesen.

Es gab aber auch ein Sammeln, das völlig anders war, ein zivilisiertes Sammeln, ein Einsammeln aus Passion. Hier suchten Menschen nach irgendwelchen materiellen Gegenständen ein Leben lang und dieses Sammeln gehörte zu ihrem Lebensstil oder machte ihn gerade aus. Es konnte zu einem Wesenszug ihrer Singularität heranwachsen und war etwas ganz anderes. Dieses Einsammeln war für Karl und Achmed an den Hinterlassenschaften gut zu erkennen, weil alle Stücke irgendwie thematisch zusammengehörten. Dieses Aufbewahren hatte mit dem Urtrieb wenig gemein, hier blühte eher eine Leidenschaft, vielleicht auch Sucht, der die Menschen erlegen waren.

Ab einer bestimmten Menge diktierte dann das Eingesammelte dem Menschen, welche Beziehung er als Sammler zu seinem zusammengetragenen Fundus einnahm. Plötzlich spürte oder fühlte er, dass noch diverse Stücke fehlten, die die Sammlung vervollständigen oder abrunden konnten. Dies zu erkennen reichte allein schon als Impuls, um das Suchen, Finden und Kaufen am Leben zu halten, so lange bis die Sammlung vollständig war. Aber konnte eine Sammlung jemals dieses Endstadium erreichen?

Zudem versuchte man sich am Tun anderer zu messen. Sie wurden zum Vorbild und man orientierte und maß sich am Umfang von deren Sammlung. Da gab es zwei Sichtweisen: Entweder spürte man einen Drang, es ihnen gleich zu tun oder man resignierte und musste sich eingestehen, dass man nie so weit kommen konnte, weil meistens dann doch das Geld fehlte. Dann gab es Sammler, die schon so viele Stücke in ihrer Sammlung hatten und mit Behagen oder abschätzig auf diejenigen blickten, die, davon waren sie überzeugt, nie den Umfang der eigenen Sammlung erreichen würden. Und so steckte in den Sammlungen eine Hierarchie. Es hing letzten

Endes doch an der Menge des Geldes, die ein Sammler für seine Leidenschaft ausgeben konnte. Auch das Sammeln aus Leidenschaft vollzog sich oft nebenbei und nur im Stillen. Anfangs waren es noch zu wenig Stücke, mit denen man hätte prahlen können. So wuchsen Sammlungen Stück für Stück zu einer immer größer werdenden Menge. Manches wurde bewusst gekauft, manches als Schnäppchen erworben. Schließlich kamen Stücke hinzu, die andere, nämlich Verwandte, Bekannte, Freunde usw. schenkten. Die Schenkenden waren einerseits darüber froh, weil das Suchen nach Geschenken leichter war, weil die Sammelleidenschaft bekannt war. Das machte die Suche leichter. Andererseits war sie erschwert, weil man ja nicht wusste, was der Sammler schon alles hatte und das Geschenk musste ja etwas Neues oder Ausgefallenes sein. Je nach Sichtweise war die Wahl von Geschenken einfach oder auch schwer.

Es gab Arbeiten, die Karl und Achmed anfangs nur ungern erledigten, aber irgendwann wurden auch sie zur Routine. Es ging um das Auflösen von Lagern mit Kunstwerken. Hier wurden sie meistens von einer offiziellen Stelle beauftragt und ihnen blieb für das Ausräumen wenig Zeit, weil sie Wohnungen mitsamt Verliesen auf den letzten Drücker räumen mussten. Bei der Kunst, um die es ging, hatten die Künstler bei ihrem jahrelangen Schaffen zu wenige Bewunderer für ihre Arbeiten gewonnen und so hatte sich ein Lager gebildet. Da die Zeit für den Auftrag knapp bemessen war, konnten Karl und Achmed sich kein Bild mehr von den Arbeiten machen. Es ging allein darum, eine „Sammlung" aufzulösen, die man bei Kunstwerken so bezeichnete. Stein-Skulpturen landeten später im Container für Bauschutt, Metallfiguratives beim Schrott, Holzarbeiten kamen zu den Holzabfällen und der Rest, also meistens Gemälde, war Sperrmüll. Hier ging es um eine Lagerhaltung von Kunstprodukten, deren

Sinnstiftung beim Ableben des Künstlers erlosch und bei dem niemand sich dafür begeistern ließ, das Vermächtnis des Künstlers wie ein Feuer oder eine Fackel der Leidenschaft weiterzutragen. Solche Kunstsammlungen hatten einen anderen Charakter, als das Angesammelte, was sie sonst vorfanden.

In den Gegenständen, die Karl vorfand, erkannte er drei Richtungen, die es beim Sammeln gab: Das ursprüngliche Sammeln von Feldfrüchten war über die Jahrhunderte oder Jahrtausende hinweg erhalten geblieben. Dann gab es das zivilisierte, auch passionierte Sammeln, besser Einsammeln von allerlei Gegenständen, die den Menschen etwas bedeuteten und deshalb irgendeinen Wert besaßen. Dahinter verbarg sich in der Regel eine Philosophie oder ein Leitgedanke, der die Menschen wie ein Regelwerk anleitete, ihre Leidenschaft zu leben. Und zum Schluss gab es das unzivilisierte Ansammeln, das offenbar weitverbreitet war und zu unserer Lebensform gehörte. Es geschah gedankenlos oder wenig bewusst und vollzog sich im Grunde als unbeherrschtes oder unersättliches Ansammeln von Gegenständen.

In den angesammelten Gegenständen und was sich hinter diesen Bergen an Überfluss verbarg, eröffnete sich Karl und Ahmed ein Blick in die Abgründe des menschlichen Daseins: Die Gegenstände ließen auf Höhen und Tiefen von sozialen Beziehungen schließen. Da kamen Dinge ans Tageslicht, die eigentlich geheim bleiben sollten. Wenn sie zum Beispiel in hinteren Ecken Liebesbriefe fanden, offenbarte dieser Fund oft ein Doppelleben. Stießen sie auf Lager von Spirituosen, konnte man in diesem Überbleibsel eine zumindest zeitweise gelebte Sucht erkennen. Alles war völlig normal. Wer etwas lagerte, wollte sich nicht davon trennen. Irgendetwas bremste ihn. Selbst wenn Sachen schon vergammelten, konnten sich die Menschen nicht davon verabschieden. Die Lagerhaltung, die Karl und Achmed vorfanden, hatte mit der Vorratshaltung, die die Urmenschen betrieben, nichts zu tun. Während sich die Urmenschen mit dem Platz in ihren Höhlen und schmalen Behausungen zufriedengeben mussten, mieteten heute manche sogar einen Platz in einem Magazin oder Zeughaus an, um all das zu behalten, was sie auf keinen Fall wegwerfen oder weggeben wollten.

Mit Achmed konnte Karl über alles reden. Sie mussten ja das, was sie gemeinsam erlebten, auch irgendwie verarbeiten. Schließlich war das Eintauchen in die Überreste des Konsums reich an Facetten und Aspekten. Sie hatten sich im Lauf der Zeit angewöhnt, nur über Gegenstände zu besprechen, die sie vorfanden. Da gab es ja einiges, was irgendwie aus der Reihe fiel oder vom Durchschnitt abwich, den sie sonst vorfanden. Über das Denken, Fühlen und Handeln der Menschen zu urteilen, die den Laden hinterlassen hatten, wollten sie nicht. Dies kam ihnen nicht mehr in den Sinn. Sie räumten nur Sachen weg und sahen sich schlussendlich weder als Andrologen noch als Archäologen, die anhand von materiellen Fundstücken die soziale und kulturelle Geschichte einer verflossenen Menschheit deuten wollten. Anlass dafür gab der Stoff schon, dennoch reichte es, wenn er ihre Gedanken in Beschlag nahm und viele Gespräche bereicherte. Im Unterschied zu vielen anderen Themen wie Krankheit oder Sport war das Palavern über Müll und Reststoffe weder angesagt noch üblich. Das Thema lag, kein Wunder, gesellschaftlich im Abseits. Der materielle Rest war nicht der Rede wert.

Familiäre Bande und Verpflichtung

Frau Immer-Schön war schon gegangen, als sie damit begannen, den Keller zu räumen. Plötzlich stand eine junge Frau im Keller und war völlig darüber entsetzt, dass der Keller von Karl und Achmed geleert wurde. Sie explodierte förmlich: „Wer hat Ihnen erlaubt, den Keller zu räumen? Hören Sie sofort damit auf!"

„Moment mal. Ich bin der Karl und habe einen Auftrag erhalten, den Keller zu räumen."

„Das interessiert mich nicht! Hören Sie sofort auf, sonst verklage ich Sie wegen Einbruch und Diebstahl."

„Damit werden Sie nicht weit kommen. Ich habe den Auftrag schriftlich. Meinen Sie denn, wir kassieren einfach so mir nichts dir nichts fremdes Eigentum ein? Also seien Sie vorsichtig mit Einbruch und Diebstahl! So etwas verbitten wir uns!"

„Wer hat Ihnen denn den Auftrag erteilt?"

„Augenblick." Karl schaute nochmal auf den Auftrag, um in dieser Situation ja nichts falsch zu machen. „Den Auftrag hat Frau Immer-Schön uns erteilt."

„Das ist typisch! Meine Tante hat mich nicht informiert."

„Wäre sie denn dazu verpflichtet gewesen?"

„Nicht im engeren Sinn, aber hier geht es um Dinge von meinem Opa. Die kann man nicht einfach so wegwerfen."

„Soviel ich weiß, hat niemand die Sachen ein Jahr lang angerührt. Das trifft wohl auch auf Sie zu."

„Das spielt jetzt keine Rolle! Ich will nicht, dass die Sachen einfach irgendwo im Müll landen."

„Sind denn Sachen darunter, die eine Bedeutung für die Familie haben?"

„Das weiß ich nicht! Ist mir auch nicht so wichtig. Ich will nicht, dass die Sachen verschwinden. Ich hatte bisher keine Zeit, mich damit zu beschäftigen."

Karl wusste aufgrund seiner Erfahrungen, dass der Wertverlust von Gegenständen sich in dem Maße beschleunigte, je länger diese in den Verließen verweilten. Die Bedeutung dieser Hinterlassenschaften bewegte sich parallel zur Wertschätzung, die ein Mensch nach seinem Ableben noch erfuhr. Beides hing an der Geschwindigkeit, in der sich die Erinnerungen verflüchtigten. Bei Stücken, die die Geschichte einer Familie erzählten, war die Sache etwas anders. Da gab es Gegenstände, die als Tafelsilber galten und wie Ikonen hochgehalten wurden. Sie hatten für die Menschen eine besondere Bedeutung, weil sie eine Familie wie ein materielles Band über Generationen hinweg zusammenhielten und deren eigene Tradition begründeten. Diese Stücke nahmen die Familienmitglieder in Haftung. Die Lebenden hatten das Erbe zu bewahren. Das Spektrum an Gütern reichte sehr weit, von Liegenschaften über Kunstgegenstände, Schmuck bis hin zum edlen Geschirr.

Karl hatte so gut wie nie mit Nachlässen von Familien zu tun, die auf eine lange, sagen wir mal mehr als hundertjährige Geschichte zurückblicken konnten. Das gab es seiner Meinung nach nur bei Adeligen oder Gutsbesitzern oder Familien, deren Geschichte bis in die Gründerzeit reichte oder im Kaiserreich begann. Dies war am Mobiliar und den Kunstobjekten gut zu erkennen. Die Nachkommen dieser Familien besaßen noch das, was deren Mitglieder „Tafelsilber" nannten. Aber ihnen ging es weniger um das gute Geschirr, das für alle sichtbar als Essservice in Vitrinen herumstand, denn dieses Porzellan war nur der Beifang zu dem, was eine Familie sonst noch hatte und für unantastbar hielt. Im Kern umschrieb der

Begriff all die Dinge, die Familien auf keinen Fall aus der Hand geben wollten. Die Erben fühlten sich dazu verpflichtet, das „Tafelsilber" über Jahrhunderte hinweg zu erhalten, denn im Grunde bewahrten sie es nicht für sich, sondern für kommende Generationen auf.

Das Gebot der Pietät stellte die Nachkommen in ein Schuldverhältnis zu den Verstorbenen und erlegte ihnen die Pflicht auf, den letzten Willen sorgsam zu behandeln. Die Nachkommen schuldeten dies ihren Vorfahren. Umgekehrt betrachtet war das Erbe ein Schuldverhältnis, das die Ahnen den Lebenden hinterließen und mit auf ihren Lebensweg gaben. Meistens ging es um Liegenschaften und Kunstobjekte. Sie bildeten den Grundstock eines Guthabens, das niemand leichtfertig aus der Hand geben durfte. Es wurde erwartet, dass alle dies respektierten. Deshalb blieb das Umfeld, in dem ein Verstorbener bis zuletzt lebte, eine Zeit lang unberührt. Man ließ erst mal Ruhe einkehren. Natürlich gab es auch das Gegenteil, wenn Angehörige nur darauf warteten, endlich mit allen Hinterlassenschaften Schluss zu machen. Aber egal, wie sich die Nachkommen verhielten, wenn sie überzeugt waren, in einem Schuldverhältnis zu den Ahnen zu stehen, fühlten sie sich auch verpflichtet, für die Weitergabe des Erbes an die Nachkommen zu sorgen.

Karl und Achmed wussten, dass die Fundstücke trotz der Menge, die durch ihre Hände gingen, nicht reichten, um aus ihnen Erzählungen über Personen oder Familien abzuleiten. Genau das wollten sie sich verkneifen. Aber eines hatten sie ja aufgrund ihrer Arbeit begriffen: Wenn die Politik sich für eine Erinnerungskultur stark machte, dann bedeutete das nicht, nur auf Traditionen zu blicken, die Familien mit langen Ahnentafeln begründet hatten. Die Politik wollte die Gesellschaft dazu aufrufen, die Erinnerung nicht nur an vergangene

Höhen, sondern auch an die Tiefpunkte in ihrer Geschichte wachzuhalten. Beim Thema „Erinnerungskultur" ging es besonders um Orte mit einer zweifelhaften Vergangenheit, um die menschenverachtenden Gräueltaten, die dort geschehen waren. Diese sollten nicht vergessen werden. Sie konnten nur dann im Bewusstsein der Menschen bleiben, wenn an den Plätzen an die dort begangenen Verbrechen ständig oder gelegentlich oder zu bestimmten Anlässen erinnert wurde. Die Namen dieser Stätten waren bekannt. Sie wurden wie Ankerpunkte oder Ikonen des Verbrechens betrachtet. Würde über sie buchstäblich schon das Gras wachsen, wäre es um sie geschehen. Die Besucher würden an den Ruinen deren Geschichte kaum noch erkennen und auch nicht erschließen, welch Leid und Elend sich dort zugetragen hatte. Es gab umgekehrt Orte, die in der Nachschau besser abschnitten, weil dort Dinge oder Gebäudereste herumstanden, die durchweg positiv bewertet wurden und an die man sich gerne erinnerte oder an ihnen erfreute. Allgemein gesagt, meinte Karl: Wenn Denkmäler nicht mehr zu erkennen waren, weil die Spuren vom Zahn der Zeit oder von Menschen bewusst verwischt oder nicht gepflegt und erhalten wurden, dann konnten Besucher auch nicht auf sie aufmerksam werden. Sie blieben unkundig. Am Ende waren es „steinerne Zeugen," die an die Geschichte erinnerten. Das war nur möglich, wenn die Geschichten zu ihrer „Geschichte" verstanden wurden und bekannt waren und an nachfolgende Generationen weitergereicht wurden. Die Kinder und Kindeskinder sollten sie wissen.

In der Zwischenzeit hatte die Enkelin mit der Tante telefoniert. Diese machte ihr klar, dass es ein Zurück nicht mehr gab, schließlich war es der Vater der Enkelin, der ständig darauf pochte und die Tante dazu drängte, Wohnung samt Keller endlich wieder zu vermieten.

Die Enkelin war deprimiert und meinte:

„Ich finde es gemein, wie meine Tante mit mir umgeht. Ich wollte im Keller noch nach Dingen suchen, die mein Großvater immer erwähnt hat, wenn er mir aus seinem Leben erzählte."

„Um was geht es denn?" fragte Karl.

„Er hat mir von seinen Tagebüchern berichtet, die er in jungen Jahren geschrieben hatte. Ich wollte immer mal in sie reinschauen, was aber nicht möglich war, weil er sie schon lange im Keller deponiert hatte und extra nach ihnen suchen, wollte er nicht."

„Sollen wir die Tagebücher, falls wir sie finden, für Sie zurücklegen?" fragte Karl wohlwissend, dies nicht zu tun.

„Ja bitte, ich bleibe solange hier."

„Sie können uns aber nicht bei der Arbeit aufhalten, denn wir können nicht jedes Stück hin und her wenden und schauen, ob sie das brauchen."

„Es geht ja nur um die Tagebücher."

Die Tagebücher oder Liebesbriefe, die Karl und Achmed manchmal fanden, brachten oft Dinge zum Vorschein, die bis dahin im Verborgenen ruhten. Da wurde plötzlich eine Beziehung bekannt, die ein Leben lang hielt, aber trotzdem immer unsichtbar für andere war. Hätte man sie noch zu Lebzeiten entdeckt, hätten alle gewusst, dass der Autor der Texte ein Doppelleben führte und nicht nur einen Menschen liebte. Manche Kunden wollten in diesen Situationen die Details gar nicht wissen und waren froh darüber, wenn Karl Briefe und Tagebücher ungesehen entsorgten. Andere wurden neugierig. Manche waren erstaunt, vielleicht auch ein bisschen enttäuscht. Für andere schloss sich der Kreis, weil sie nun wussten, warum der Verstorbene oft kurzfristig verreisen musste. Jetzt ging ihnen ein Licht auf, denn die häufigen Absenzen mit geschäftlichen Verpflichtungen zu begründen, war nie plausibel und offenbar nur ein Vorwand, weil in Wahrheit die Reise ganz woanders hinging.

War von den „Leichen im Keller" die Rede, dann verband Karl diese Redeweise mit Gegenständen, deren Herkunft mittlerweile verrufen war und bei denen man zurecht vermuten konnte, dass die Vorfahren des Nachlassgebers sich diese Objekte nicht auf der Grundlage eines gleichberechtigten Austausches zwischen den Gebern und den Nehmern vor Ort angeeignet hatten. Irgendwelche Masken aus Afrika oder von anderen indigenen Völkern kamen meistens deshalb in hiesige Häuser, weil Vorfahren einst als Kolonialisten dort unterwegs waren. Vor Ort nutzten sie ihre Machtposition auch zum Einsammeln von Kunst und Krempel und sie betrachteten die Stücke auch nach der Kolonialzeit als ihr Eigentum, wobei ihnen für lange Zeit zugutekam, dass die Einheimischen unwissend und machtlos ihre eigene Geschichte gar nicht oder ungenügend kannten.

Schwierig waren auch die Begebenheiten, wenn Karl und Achmed beim Ausräumen auf Gegenstände stießen und hervorholten, was sich die Menschen unberechtigt angeeignet hatten. Bei der Inbesitznahme reichte die Spanne vom Diebstahl bis zur rechtlich geduldeten Aneignung. In der Zeit des Nationalsozialismus bedeute die Arisierung von Vermögensgegenständen, dass der jüdischen Bevölkerung ihr Hab und Gut weggenommen wurde und in den Besitz von Menschen gelangte, die diese Objekte fortan als ihr Eigentum sahen. Dies konnte damals geschehen, weil das damalige Recht eine Aneignung begünstigte und zum Schnäppchenpreis zuließ, wobei vorwiegend Leute als „Käufer" zum Zug kamen, die mit dem System einvernehmlich zusammenwirkten.

Auf den ersten Blick sah man den Sachen nicht unbedingt an, woher sie stammten und wie sie in den Nachlass gekommen waren. Bei manchen Objekten war es offensichtlich und allgemein bekannt, dass sie an Zeiten erinnerten, in denen Unrecht und Verfolgung sowie die Vernichtung von Menschen auf der Tagesordnung standen. Aber Karl wusste auch, dass geraubte Kunstwerke, die wertvoll waren, selten in Kellern und Speichern rumlagen, sondern sie hingen als Bilder oder standen als Objekte in den Wohnräumen der Besitzer und diese wollten gar nicht so genau wissen, woher sie kamen oder wann und wie sie in das Haus gelangt waren. Die Herkunft war egal oder wurde nicht hinterfragt. Und an Familienvermögen, die von Generation an Generation weitergereicht wurden, hafteten oft genug auch Erzählungen von ähnlicher, meist zweifelhafter Qualität. Welcher adelige Nachkomme wollte schon Schlechtes über seine Vorfahren berichten oder zum Besten geben?

Karl und Achmed unterhielten sich oft darüber, warum sich in den Familien, soweit sie ihnen als intakt und harmonisch geschlossen vorgestellt wurden, ein Sammeln vollzog, dass im Nachhinein immer so abschätzig von ihnen beschrieben wurde.

Karl meinte: „Wir haben uns ja schon bei etlichen Kunden anhören müssen, dass die Nachkommen die Eltern zu Lebzeiten ermahnt hatten, das Sammeln doch einzustellen. Aber mit guten Worten waren Lust und Leidenschaft nicht zu bremsen."

„Manche wissen schon, was irgendwo, fern vom Alltag, unsichtbar und unberührt im Verborgenen Schritt für Schritt verkommt, aber sie wollen sich nicht damit beschäftigen und sich schon gar nicht um eine sachgerechte Lagerung oder den Erhalt kümmern," erwiderte Achmed und fuhr fort:

„Gelegentlich denken selbst die leidenschaftlichen Sammler an die Dinge, von denen sie wissen, dass sie diese eigentlich entsorgen sollten. Dann regt sich das schlechte Gewissen und sie unterlassen es. Der Gedanke, welche Arbeit das Wegräumen bedeutet, verdrängt das Hab und Gut wieder aus der aktiven Erinnerung. So bleibt es einfach liegen."

Karl meinte: „Unsere Kunden haben sich ja entschieden, sich von Dingen zu trennen. Sie wollen sich nicht ewig an Dinge klammern. Dann kommen die Erben hinzu, die angesichts der Menge an Gegenständen die Hände über den Kopf zusammenschlagen. Sie fühlen sich überfordert und schlagen das Erbe aus. Sie begreifen es nicht als ihre Pflicht, sich mit den Hinterlassenschaften eines verstorbenen Angehörigen zu belasten.

„Dann gibt es welche aus dem Kreis der Erben, die nur danach schielen, was von den hinterlassenen Sachen noch brauchbar ist und diese nehmen bewusst nur das in Augenschein, was noch irgendwie verkäuflich erscheint," fügte Achmed hinzu.

Karl zog für sich schon oft als Fazit: „Am Ende sind es die Botschaften, die die materiellen Dinge mit sich herumtragen, für die sich die Nachkommen interessierten."

„Was ist denn an den Tagebüchern für Sie so wichtig?" fragte Karl die unruhig blickende Enkelin.

„Na ja, so wichtig sind sie auch nicht, aber ich kann es ihnen ja sagen. Mein Opa hat immer von seiner großen Liebe erzählt, die er in seiner Jugend hatte. Dann hat er immer jedes Nachfragen mit dem Hinweis abgebogen, er habe ja alles in Tagebüchern niedergeschrieben."

„Und jetzt möchten sie es genauer wissen?"

„Ja, warum nicht?"

Was Karl und Achmed an Briefen, Tagebüchern, Fotoalben, elektronischen Speichermedien, Urkunden, Zeugnissen, Vermögensverzeichnissen, Kaufverträgen usw. in den Verliesen fanden, waren Anzeichen oder Belege, die auf die Identität und Tradition der Familie des Verstorbenen hinwiesen. Allerdings war das Meiste, was irgendwo herumlag, bereits aus dem Fokus verschwunden. Und es gab genügend Dinge, die Karl und Achmed beim Leeren von Speichern und Kellern fanden, die nicht zu dem passten, wie man idealerweise ein gradlinig verlaufenes Leben auslegte und beschrieb. Die Fundstücke konnten einen Lebenslauf in Frage stellen oder sogar revidieren. Plötzlich tat sich ein neues Bild vom Verstorbenen auf, wenn Dinge ans Licht kamen, über die eine Familie nichts wusste. Da wurden bestimmte Episoden zu Lebzeiten beim Erzählen der Familiensage einfach ausgelassen. Nun offenbarten Elemente im Nachlass das Gegenteil von der bisher überlieferten Geschichte und lüfteten Geheimnisse. Manches passte nicht zum Selbstbild der Familie, besonders wenn es um Liebschaften und Freundschaften ging oder um einen unsoliden Lebenswandel. Manche Nachkommen kamen zum Urteil, der Verstorbene hätte ein Leben in Sünde geführt. Dann wurde herumgerätselt, welche Umstände daran schuld waren, warum er im Lauf seines Lebens irgendwann ins Abseits geraten oder in eine Ecke abgedriftet war, wo ihm die Familie ihm ihre Anerkennung entzog.

Und im gleichen Atemzug mündeten die Erzählungen dann oft in einen Vorwurf, dass Mitmenschen, die bis dahin unbekannt oder wenig gelitten waren, bei der Zuteilung des Nachlasses entweder zu großzügig bedacht oder sträflich vernachlässigt wurden. Oft hatten gerade Freunde und Bekannte das Nachsehen. Ihnen blieb nichts vom materiellen Erbe, obwohl sie für den Verstorbenen die nächsten, wichtigsten, auch liebsten Bezugspersonen waren. Weil der Verstorbene sie aber in seinem Testament als Erben nicht bedachte, gingen sie leer aus und am Ende waren Familienmitglieder die Gewinner, die sich zu Lebzeiten nie oder kaum um die Person gekümmert hatten.

„Was sollen wir jetzt tun, wenn wir Aufzeichnungen finden, die wie ein Tagebuch ausschauen?" fragte Karl die nun betrübt blickende Enkelin.

„Ich habe jetzt auch nicht die Zeit, ständig hier zu sein, um darauf zu warten, was Sie aus dem Keller holen. Vielleicht ist es besser, Sie werfen wirklich alles weg, so wie meine Tante es will. Aber die wird noch was zu hören bekommen."

Vom Verhalten beim Erwerben und Entsorgen

Gelegentlich fragten sich Karl und Achmed, warum die Menschen, nicht nur ihre Kunden, so völlig verschiedene Einstellungen an den Tag legten, wenn sie Gegenstände kauften und deren Überreste entsorgten. Beide Tätigkeiten gehörten irgendwie zusammen, wurden aber widersprüchlich auslegt und gelebt. Dieses Spannungsfeld spürten sie bei ihrer Tätigkeit.

Eine weit verbreitete Lehrmeinung lautete, dass der Beitrag zum Guten generell anerkannt und gern gesehen wurde. Da wurde der Mut gepriesen, das Geschick gelobt und die Verantwortung herausgestellt, die der Mensch übernahm. Die Weisheit, die sich hinter diesem Verhalten verbarg, wurde wie ein Naturgesetz ausgelegt. Wer dazu beitrug, mit seinem Schaffen und Tun den gesellschaftlichen Reichtum zu mehren, vollbrachte generell eine gute Tat. Der gesellschaftliche Reichtum entstand durch die Leistung von Einzelnen und deren Konsum von Waren. Ob man bei seiner Arbeit zugleich einen Dienst für das Ganze im Sinn hatte, war nicht wichtig. Für jeden einzelnen zählte das Ergebnis, welches die eigene Arbeit erbrachte sowohl als Arbeitsleistung als auch als Geldwert. Und die Summe an Geld entschied darüber, wie viele Waren man sich leisten konnte und konsumieren wollte. Das Gemeinwohl war die Summe der Singularitäten.

Karl erinnerte sich an die Coronazeit. Damals bekam das Sofortkaufen viel Schwung und eine besondere Note. Da Geschäfte, die Verbrauchs- und Gebrauchsgüter anboten, geschlossen waren, wichen die Menschen auf den Versandhandel aus, der im Internet seine Waren anbot und bei dem man sofort bestellen konnte. Zur Heimarbeit gezwungen, die meistens an Computern stattfand, schauten die Menschen

zwischendurch, wie oft auch immer, in die elektronisch vor-
geführte Warenwelt und im Nu wurde per Klick etwas bestellt. Bei manchen geschah dies wohl auch, weil sie irgendwie mit Langeweile umgehen mussten. Das Kaufen am Computer sorgte für Abwechslung. Man bekam das Gefühl, dass
manche einen Kaufrausch auslebten.

Das Kaufen verkörperte das absolut Gute, hörte man aller-
orten, und es galt als Motor, der die Marktwirtschaft am Laufen hielt. Solange die Konsumenten unersättlich ihre Bedürfnisse mit grundlegenden Mitteln zum Leben oder mit egois-
tisch-luxuriösen Gütern befriedigten, lief der Laden. Die
Frage, ob man nicht mit den schon vorhandenen Gegenständen zurechtkam, wurde schnell verdrängt, weil etwas neu zu
kaufen einfacher erschien. Dies passte zur verbreiteten Meinung, dass beim Kaufen jeder selbstbestimmt handelte und in
seinen Entscheidungen frei war. Für diesen Traum von Freiheit wurden Einkaufszenten auf der „grünen Wiese" errichtet
mit geräumigen Flächen für parkende Autos. Der Weg zum
Konsum sollte frei und bequem sein. Wenn das Kaufverhalten
einmal nachließ, schlugen die wissenschaftlichen und medialen Hüter der Marktwirtschaft Alarm und hatten bei der sogenannten Einordnung der schlechten Nachricht tiefe Sorgenfal-
ten im Gesicht.

Oft fragten sich Karl und Achmed, warum das Entsorgen
von Abfall wie ein notwendiges Übel gesehen wurde oder die
Kröte, die zu schlucken war.

Karl meinte: „Dinge richtig und zweckmäßig zu entsorgen
muss man den Menschen abverlangen oder regelrecht einfordern. Im Unterschied zum Kaufen sieht man das Entsorgen
nicht als sinnvolle Selbstverständlichkeit. Wer Abfall wegwirft, tut dies am liebsten unbekümmert und sorglos und will
dabei nicht groß über sein Handeln und Tun nachdenken."

„Das stimmt nicht ganz," entgegnete Achmed. „Du solltest bedenken, dass die Wirtschaft immer noch Wegwerfprodukte auf den Markt bringt und wir deshalb in einer Wegwerfgesellschaft leben. Deshalb gehört das Wegwerfen zur Wirtschaft dazu und man tut es ohne schlechtes Gewissen oder ohne sich viel dabei zu denken. Ohne das Wegwerfen von Konsumresten funktioniert der Konsum nicht. Aber dieses Entledigen geschieht nicht immer nur unbeschwert. Wenn man zum Entsorgen von Konsumresten sich erst zum Wertstoffcontainer begeben muss oder mit einer Fahrt zum Wertstoffhof erst möglich wird, dann wird das Entledigen von Reststoffen im Kern als lästige Pflicht verstanden ganz im Gegensatz um Akt des Kaufens, den so gut wie alle Individuen positiv sehen."

„Kaufen und Wegwerfen gehören ja zusammen. Wer etwas kauft, produziert am Ende auch Abfall. Aber das Wegwerfen wird nicht als Teil des Kaufens gesehen, sondern als eine Pflicht, die die Gesellschaft den Menschen auferlegt, was kein Wunder ist, weil nur bei wenigen Waren das Entsorgen der Konsumreste im Verkaufspreis enthalten ist," erklärte Karl und ergänzte dies mit dem Hinweis: „Wer etwas im öffentlichen Raum wegwirft, bei dem meldet sich vielleicht sein eigenes schlechtes Gewissen, wenn es andere tun, nimmt man es hin. Ich habe ein paar Mal Leute angesprochen, wenn sie etwas auf den Gehweg geworfen haben und ihnen gesagt: Entschuldigung, Sie haben etwas verloren. Meist haben sie freundlich reagiert und die von mir Angesprochenen haben den Abfall aufgehoben. Meine Anmache nahmen sie vielleicht nur deshalb hin, weil niemand gern etwas verliert und man dankbar ist, wenn andere den Verlust bemerken und darauf hinweisen."

„Der Müll im öffentlichen Raum wird dann erst als Problem gesehen, wenn kleine wie große Freizeitoasen damit übersät sind. Dann regt sich ein Unbehagen und macht sich als öffentliche Meinung breit, dass ein ungezügeltes Wegwerfen weder hinnehmbar noch statthaft ist. Das gilt aber nur dort, nicht auf den normalen Gehwegen," äußerte Achmed.

„Die Gemeinden haben irgendwann begonnen, Reststoffe zu trennen und sich für die Müllbehälter ein farbiges Leitsystem mit drei bis vier Farben ausgedacht. Das sollte die Menschen beim Mülltrennen anleiten und dafür sorgen, dass die verschiedenen Sorten von Abfällen in der richtigen Tonne landen. Wenn ich in manche Mülltonnen schaue, stelle ich fest, dass dieses System zum größten Teil wohl funktioniert, aber nicht in Gänze. Da kann man lange darüber nachdenken, warum manche privaten Haushalte die Mülltrennung nicht beherrschen und sich fragen, ob dies am Zeitdruck beim Müllentsorgen liegt, am mangelnden Wissen, dem fehlenden Bewusstsein oder was auch immer. Ob eine schärfere Gesetzgebung weiterhilft, die eine klare Mülltrennung vorschreibt, wage ich zu bezweifeln. Neulich habe ich in einer Gemeinde Aschenbecher gesehen, die im öffentlichen Raum bei den Abfalleimern standen. Rate mal, wo die meisten Kippen lagen?" fragte Karl.

„Natürlich auf dem Boden. Aber uns sollte klar sein, dass der Wurf in den Mülleimer zugleich einen Akt darstellt, mit dem sich die Menschen vom Eigentum an den Genständen lösen. Man enteignet sich also selbst. Was in der Tonne oder irgendwo liegt, gehört einem nicht mehr und deshalb ist man dafür nicht mehr zuständig. Man hat sich zugleich von seinem Recht am Eigentum befreit. Nach dieser Logik ist auch niemand für einen Fehlwurf verantwortlich, egal warum er geschieht," fügte Achmed hinzu.

„Da hast du recht, denn der Umgang mit den E-Rollern, die man in der Stadt mieten kann, zeigt dies beispielhaft. In dem Moment, wo ein Fahrer die Fahrt beendet und sich per Mobiltelefon abgemeldet hat, fühlt er sich für das Fahrzeug nicht mehr zuständig. Wenn die Roller dann irgendwo landen und den Fußgängern im Weg stehen, wird dies zu einer Angelegenheit, für die die Verleihfirmen zuständig sind. Nur wenige Fahrer und nur wenige Verleiher fühlen sich aus eigenem Interesse und gebotener Fürsorge verpflichtet, für ein ordnungsgemäßes Parken zu sorgen. Dazu muss erst die Stadtverwaltung ihnen auf die Sprünge helfen."

Beide waren sich darin einig, dass Wegwerfen und Entsorgen wenig bis gar nicht in das Innere der Menschen so eingewoben sind, wie das Kaufen.

Karl und Achmed dachten sich oft, dass die Zeit, die sich die Menschen für das Erwerben von Gütern nahmen, anders bemessen war, als der zeitliche Aufwand für das Entsorgen von Abfall. Beide Zeitbudgets standen in einem Missverhältnis zueinander. Hinzu kam ein weiterer Aspekt, nämlich der Zeitdruck, in dem beide Tätigkeiten verrichtet wurden und der im Alltag wirksame Spuren hinterließ.

Im Grunde musste alles ganz schnell gehen. Im Wechselspiel von Geben und Nehmen suchte ein Jeder nach seinem Vorteil und dieses Streben zwang die Menschen zum Tempo: Wer vorn sein wollte, musste schnell sein. Da blieb wenig Zeit, sich auch noch um die Effekte zu kümmern, die sich als Nebenwirkung, Nachteil oder Schaden für andere ergaben. Hinzu kam das Diktat der Produktivität, das für den notwendigen Druck sorgte. Es verlangte, entweder in derselben Zeit immer mehr zu leisten oder für ein im Vorhinein fest vereinbartes Ergebnis so wenig Zeit wie nötig aufzuwenden. Dieser Zeitdruck steuerte auch das Private: Schnell etwas einkaufen, schnell irgendwohin fahren usw., waren mehr als nur geflügelte Worte, sondern alltägliche Rituale, die meistens als Notwendigkeiten den Alltag bestimmten. „Schnell ein Essen für uns zwei" lautete der Titel eines Kochbuches, das Karl in einem Nachlass fand. Die Autorin des Buches versuchte mit passenden Rezepten das Kochen und Zubereiten einer Mahlzeit in den von Zeitmangel beherrschten Alltag einzufügen. Im privaten wie im geschäftlichen Alltag ließen sich die Menschen davon treiben immer der Erste zu sein. Aus Furcht, man könnte in der Konkurrenz der Suchenden etwas verpassen, wurden Dinge gekauft, die bei genauerem Überlegen, überflüssig waren. Aber der Reflex, einfach „Zuschlagen zu müssen," passte hervorragend zu dem, was die Wirtschaft von den Konsumierenden erwartete. Sie sollten ihre Kaufentscheidungen allein danach richten, ob der Preis der Ware zu ihrer Kaufkraft passte, egal ob bar bezahlt oder auf Kredit. Die Zeit, die sich die Menschen für das Einkaufen nahmen, geriet nur in wenigen Fällen zu Shopping-Exzessen, bei denen sich Menschen scheinbar endlos durch Geschäfte bewegten und am Ende nur mit ein paar kleinen Taschen in der Hand den Heimweg antraten. Auch beim alltäglichen Einkauf versuchten die Lebensmittelmärkte oder Drogerien die Kunden zu bewegen, dass sie eine möglichst lange Zeit im Markt verbrachten. Die Märkte ordneten ihre Waren in den Läden so an, dass die Menschen möglichst den ganzen Markt ablaufen mussten, damit sie beim Gang entlang der Regale und Präsentationsflächen eine wahre Lust am Einkaufen entwickeln konnten. Besonders viel Zeit verbrachte der einkaufende Mensch in Möbelmärkten. In einem bewegte man sich erst wie durch ein Labyrinth durch die Auslagen, wo man leicht die Orientierung verlieren konnte und nicht mehr wusste, in welche Himmelsrichtung man sich bewegte. Dieser rätselhafte Weg endete dann in einem Lager, wo man „endlich" die Matratze auf den Einkaufswagen lud, deretwegen man zum Einkaufen gekommen war.

Entsorgen und Wegwerfen von Überflüssigem geschahen meistens unter Druck. „Bring doch mal schnell den Abfall raus!" musste sich Karl zuhause oft genug anhören und das „mal-schnell" nervte ihn, weil das auch seine Kunden einforderten und für selbstverständlich hielten. Manche Kunden kamen ins Staunen, wenn Karl ihnen vorrechnete, wieviel Zeit er mit seiner zwei-Mann-Belegschaft brauchte, um alles wegzuräumen. Meistens brauchten sie zwei bis drei Tage, was sich entsprechend im Honorar niederschlug. So schnell, wie die in den Augen der Kunden die letzten Dinge der Verstorbenen verschwinden sollten, ging es einfach nicht.

Nur beim passionierten und zivilisierten Sammeln war der Umgang mit der Zeit völlig anders. Diese Sammler waren als Konsumelite darin geübt, den Nutzen und ideellen Wert von Waren zu begutachten und sie nahmen sich die Zeit, sich mit dem Gebrauchswert einer Ware eingehend zu befassen. Wer von ihnen kaufte blind irgendwelche Luxuswaren? Mit Leidenschaft und Hingabe, aber auch mit Wissen und Erfahrung suchten sie nach Schnapp und Schnäppchen. Oft zählte das Quäntchen Glück, um den anderen Sammlern eine Nasenlänge voraus zu sein. Wer sich hier unter Druck setzte und auf Zeitvorteil oder Schnelligkeit schielte, bildete eher die Ausnahme. Gerade bei Kunstwerken brauchte man Zeit, um ein Objekt zu begreifen. Manche bildeten sich ein, wenn sie lange genug die Werke studierten, würden diese mit ihnen als Betrachter kommunizieren. Beim Urteil über den künstlerischen Wert eines Gemäldes waren viele Aspekte zu berücksichtigen, zum Beispiel welche Ausstrahlung vom Bild ausging, wie anziehend es auf den Betrachter wirkte, mit welchem handwerklich-künstlerischen Geschick und Können es angefertigt worden war und welche Geschichte es erzählte. Erst danach kam das Geld ins Spiel und der Preis, dessen Höhe am Ende den Ausschlag gab, ob ein Kunstsammler das Werk in sein Eigentum überführte.

Als ein Elektromarkt einmal mit der Parole „Geiz ist geil" warb, wollte er den Kaufprozess verkürzen. Die Menschen sollten nicht lange überlegen, sondern einfach alles kaufen, was die günstigen Preise hergaben. Karl und Achmed sahen in diesem Vorgehen ganz klar die Schattenseiten. Karl meinte: „Hier sollten die Umworbenen den Geiz nicht so auslegen, dass sie sich fragen, ob sie ein neues Produkt überhaupt brauchten. Daran sollte ein Kauf auf keinen Fall scheitern. Die Kunden waren aufgerufen, wie im Reflex zu handeln, nur weil etwas günstiger zu haben war."

Achmed fügte hinzu: „Ob der Markt in jedem Fall immer billiger war, wissen wir nicht, aber er wollte bei den Menschen noch etwas anderes anstacheln. Manche Menschen wollen ja auf der Höhe der Zeit sein und kaufen Dinge, nur weil sie neu sind, auch wenn sie diese im Grunde gar nicht brauchen. Wenn neue technische Geräte und Werkzeuge auf den Markt kommen, erscheinen ihnen die alten sofort als überholt, obwohl deren technische Lebenszeit noch lange nicht überschritten ist. Die Eigenschaft ‚neu' zu sein reicht, um attraktiv zu wirken. Wenn dann der Markt sie auch noch mit einem geilen Preis versieht, heißt das für viele, nichts wie hin und her mit der Ware."

Karl erweiterte Achmeds Gedanken: „Müssen wir uns wundern, wenn viele Gegenstände, die wir in den Verliesen finden, kaum Gebrauchsspuren haben? Anscheinend wurden sie kaum genutzt und sind sehr schnell im Abseits gelandet. Es wäre doch viel billiger für die Menschen gewesen, wenn sie die Sachen für die wenigen Male ausgeliehen hätten."

„Aber das Ausleihen ist verpönt," entgegnete Achmed. „Das ist auch kein Wunder. Das Ausleihen braucht mehr Zeit und muss irgendwie geplant werden. Da muss man erst mal wissen, wo man etwas leihen kann, man muss zur Leihstation gehen und sich dabei nach deren Öffnungszeiten richten.

Dann ist vielleicht das gewünschte Produkt schon vergeben und nicht verfügbar."

„Ausleihen steht dem Bedürfnis im Weg, alles sofort haben zu wollen. Dies ist der Inbegriff von Freiheit, in der man sich wohl fühlt. Wer alles sofort haben und deshalb auch besitzen will, dessen Bedürfnis passt hervorragend zur Wirtschaftsweise, die am besten mit dem Ansammeln von Eigentum funktioniert, weil so die Nachfrage immerzu sprudelt." Karl fügte noch an: „In Baumärkten werden ja schon Geräte vorgehalten, die man leihen kann. Ich sehe aber nicht, dass die Märkte die Präsentation der Neuwaren irgendwie zurückfahren oder einschränken, denn mit dem Verkaufen kommt eben viel mehr Geld in die Kasse."

Ob die Menschen irgendwann verstehen werden, wie ein Kaufen ohne Sinn und Verstand und ein Ansammeln von Hab und Gut zum eigenen Schaden gerät und in Summe zum Schaden der Gesellschaft, fragte sich Karl und formulierte für sich als Ergebnis: Wer nach einem Rausch am nächsten Tag den Kater spürte und beklagte, suchte die Schuld zunächst bei sich selbst. Hier war es anders: Zum ICH des Käufers gehörte nicht das ICH des Entsorgers. Die Menschen fühlten sich nur dann zu einem sachgerechten und sozial verträglichen Umgang mit Objekten verpflichtet, solange sie voll und ganz ihr Eigentum waren und solange sie sich beim gemieteten Besitz an die vereinbarten Nutzungsregeln hielten. Den Abfall zu entsorgen war nicht Teil des Käufer-ICHs. Wer von den Käufern auch eine Verantwortung für die Hinterlassenschaften ihres Tuns einforderte, dem wurde signalisiert, nur auf eine Moral zu bestehen und sie zu verlangen. Die Notwendigkeit, sich auch um den Abfall zu kümmern, wurde nicht erkannt oder kleingeredet oder als lästige Sache abgetan. Abfall und Müll waren Überreste des Konsums und zugleich entwerteter

Reichtum, also wertlos. Für die Konsumenten war ihr monetärer Wert gleich Null. Die Rückgabe von wertlosen Hinterlassenschaften passte nicht zu einem von Marktpreisen geregelten Konsum. Erst wenn der Staat einschritt und Regeln erließ, begannen die Bürgerinnen und Bürgern für Abfall und Müll Verantwortung zu übernehmen. Die Kommunen erhoben für das Entsorgen und Verwerten von Müll Gebühren. Die Grundlage ihrer Berechnung orientierte sich nicht nach den einzelnen Bestandteilen, sondern schlicht nach dem Volumen der zusammengewürfelten Menge an Müll.

Karl sah in Müllräumen von mehrgeschossigen Wohnhäusern, dass dort, wenn niemand zuschaute, größere „Objekte" einfach abgestellt wurden. Blieben die „Täter" unerkannt, was eher die Regel war, trug die Hausgemeinschaft die Kosten, die der Hausmeister ihnen für die Entsorgung auf dem Wertstoffhof in Rechnung stellte, wobei er und Achmed manchmal in deren Auftrag diesen Dienst erledigten. Und mit dem Verhalten der Raucher, die ihre Zigarettenkippen einfach irgendwohin warfen, hatte man sich sowieso schon abgefunden, da wurde wenig Aufhebens gemacht.

Wie hatte man mit dem Schaden umzugehen, der parallel oder neben dem Guten zugleich entstand und für alle sichtbar und vielleicht auch messbar war? Die Menschen fühlten sich für den entstandenen Schaden nicht in gleicher Weise verantwortlich wie für den Nutzen. Karl beobachtete, wie die Menschen sich den Beitrag zum Guten als gute Tat zuschrieben, aber die lästigen Begleiteffekte oder den Schaden ausblendeten, den das vermeintlich gute Tun verursachte oder bewirkte. Man sah sich lieber in der Rolle des Nützlings, als in der des Schädlings. Man war lieber Liebling statt Lästling und das eigene Tun und Lassen war fast immer gut und nicht schlecht. In diesem gedanklichen Umfeld ging auch die Idee der

Nachhaltigkeit unter. Sie verlangte, Gegenstände so lange als möglich zu nutzen, denn alles, was nicht neu hergestellt wurde, war ein Gewinn für die Umwelt. So eine Überlegung konnte nur das Kaufverhalten bremsen und war sozusagen ein Unding.

Karl und Achmed erkannten auf der politischen Ebene eher ein Kuddelmuddel als eine klare Linie:

„Hast Du schon einmal darüber nachgedacht," fragte Karl, „warum die politische Verantwortung für das Einkaufen und Entsorgen klar getrennt sind? Für das Kaufen von Waren sind hierzulande die Wirtschaftsministerien zuständig, aber für das Entsorgen in der Regel nicht. Und die Firmen kümmern sich nur dann freiwillig um die Reststoffe, wenn es zum Geschäftskonzept passt. Dann führen sie diese nach eigenem Ermessen wieder in den Wertschöpfungsprozess zurück, aber oft nur, weil es politische Regeln einfordern, Überreste zu recyceln."

„Mir fällt schon auf, dass für den sogenannten Rest, der dann irgendwo rumliegt andere Abteilungen der Politik zuständig sind, selten die Wirtschaftspolitik. Das Wegkehren von Zigarettenkippen erledigt zum Beispiel die Stadtreinigung, die ist in einer Stadt selten dem Wirtschaftsreferat zugeordnet, obwohl Kippen ganz klar Folgen des Konsums sind."

„Und um alles andere, was in Parks, Wäldern oder in der Natur oder sonst wo als Unrat rumliegt, kümmert sich die Umweltpolitik. Hier ist das Spektrum recht groß. Die Reste des individuellen Konsums reichen von bedenkenlos weggeworfenen Bierflaschen bis hin zu Schrottautos, die in Feld, Wald und Flur lagern und zu entsorgen sind." Karl ergänzte noch: „Die Gesellschaft hat immer noch nicht den Grundsatz verinnerlicht, dass wer anschafft, auch seinen Dreck wegräumen muss."

Achmed spannte den Bogen noch weiter: „In manchen Sektoren gibt es mittlerweile einen goldenen Weg: Die Wirtschaft kann sich als Verursacher von einem angerichteten Schaden und der daran haftenden Schuld mit Geld freikaufen, auch wenn am Ende hohe Geldbeträge anfallen. Marktwirtschaftler finden das in Ordnung und preisen solche Modelle, denn alles, was sich mit Geld regeln lässt, passt zu ihrer Gedankenwelt von einer freien Willensbildung, die auf Märkten über Geld geregelt und wechselseitig ausgeglichen wird."

„Wer kauft, erwirbt eigentlich etwas, aber bei diesem Verfahren kaufen sich die Unternehmen die Freiheit, für etwas nicht mehr zuständig sein zu müssen, was sie verursacht haben. Das erinnert an den Ablasshandel, bei dem die Menschen sich von der Sünde freikaufen konnten. Dann bleiben am Ende ‚WIR' übrig, die Gesamtheit der Bürgerinnen und Bürger, und wir werden wie beim Endlager für Atommüll in einen ewig langen Findungsprozess einbezogen. Wir werden nicht gefragt, wie man in Zukunft problematische Abfälle vermeidet, sondern an welchen Orten Deponien entstehen können, wo problematische Stoffe endgelagert und zur ewigen Ruhe gebettet werden. Dies fängt beim Atommüll an und reicht bis zu Gift- und Kunststoffen, die innerhalb mehrerer Menschenalter nicht verrotten. Wie müssen uns nicht wundern," meinte Karl, „wenn die Menschen reflexartig das Entsorgen von Unrat von sich weisen und nur das nachahmen, was große Vorbilder ihnen vormachen."

Manchmal erzählte Karl den Kunden, die meinten, er würde viel zu lange für das Wegräumen brauchen, gern die folgende Geschichte: Es gab nämlich Beispiele, wo das Aufräumen bestens lief. Folgende Situation wurde von allen sehr positiv bewertet: Wenn sich eine Gruppe von Erwachsenen eine Ferienwohnung teilte, taten sie es auch, weil sie in geselliger Runde kochen, speisen und trinken wollten. Diese Aufenthalte galten als gelungen, wenn einer nach dem anderen seine Kochkünste mit Hingabe einbringen konnte und an jedem Abend ein wohlgeratenes Gericht auf den Tisch kam. Diese Harmonie, die sich beim Konsumieren einstellte, war erst komplett, wenn das Wegräumen des Geschirrs und der ganze Abwasch wie von selbst geschah, ohne dass diese Arbeit zum Gegenstand einer Debatte wurde. In solchen Runden trübten ganz gewiss diejenigen die Stimmung, die exakt vorrechneten, wieviel Zeit sie für das Abwaschen des Geschirrs und die Beseitigung der Folgen aufbringen mussten. Alles brauchte eben seine Zeit und Karl erging es nicht anders. Er allein konnte die Nebenfolgen einer auf Konsum getrimmten Wirtschaft und Gesellschaft, die von Menschen verursacht wurden, nicht im Handumdrehen wegzaubern.

Als Karl eines Tages eine Nachbarin traf, sprach sie ihn unvermittelt an. Sie redete sehr ernst und fragte ihn:

„Wie muss ich eigentlich mit Dingen umgehen, wenn der Eigentümer nicht mehr darüber verfügen kann und ich nun dessen Eigentum am Hals habe?"

Karl ahnte, worum es ging und fragte: „Liebe Gerta Neuling, hast du die Pflege von einem Menschen übernommen, ist das richtig? Ist es dein Partner oder einer der Großeltern?"

„Nein viel schwieriger. Ich bin jetzt Pflegerin von einem Bekannten, der ohne direkte Familienangehörige dasteht und nun aufgrund eines Schlaganfalls nicht mehr richtig gehen und kaum noch deutlich sprechen kann."

„Bist du von einem Amtsgericht zur ehrenamtlichen Pflege bestellt worden?"

„Ja genau. Es war etwas schwierig, das einzufädeln, aber jetzt betreue ich einen erwachsenen Menschen, der wie ein Kind sich nicht mehr zu helfen weiß."

„Da hast du dir ja einiges aufgehalst."

„Merke ich mittlerweile auch, aber getan ist getan, jetzt will ich die Sache auch gut erledigen."

„Und was ist der Grund für deine Frage?"

„In der Wohnung steht eine Unmenge an Sachen. Man kann sich dort kaum bewegen. Der Bekannte hat Sachen gesammelt, in der Hauptsache Bücher und Kleidung. Die Schränke und Regale sind proppenvoll. Überall stapeln sich Gegenstände, man kann sich kaum bewegen und sie zusammenräumen, geht nicht. Das habe ich versucht, eigentlich müsste ich alles rausschmeißen."

„Dazu braucht man eigentlich die Zustimmung des Betroffenen oder du musst das Amtsgericht fragen, ob du dir in diesem Haufen an Zeug Luft verschaffen darfst."

„Meinst du, die stimmen zu?" fragte Greta und meinte: „Mir dauert aber die behördliche Schiene zu lange, ich will jetzt was tun."

„Was ich dir im Moment sagen kann, ist kein juristisch gesicherter Rat. Aber, wenn etwas einer sachgerechten Pflege eines Menschen im Wege steht, kannst du es fortschaffen. Ich kann es für dich nicht tun, denn ich brauche einen Auftrag vom Eigentümer. Das sind in den meistens Fällen, die ich erledige, die Erben, aber Erbin bist du ja nicht. Du bist von Amts wegen mit der Pflege beauftragt. Ich meine, wenn ein zu pflegender Mensch genügend Geld hat und die Kosten einer Räumaktion sein angespartes Vermögen nicht antastet, das heißt nicht schmälert, kannst du ohne Genehmigung durch die Behörde, die dich zur Pflegekraft bestellt hat, mich mit der Räumung beauftragen."

„Karl, ich glaube das geht. Schau dir doch mal alles an!"

„Sofort oder später?"

„Ziemlich bald," sagte die Nachbarin und sie freute sich über Karls Entgegenkommen.

Gerta war froh, dass Karl ihr Anliegen ernst nahm und dass er ihr einen Weg vorschlug, wie sie in dieser für sie kniffligen Situation das ungebrauchte Eigentum entsorgen konnte.

Privates Eigentum zum Wohl des Allgemeinen

Karl hatte ja ständig mit Eigentum zu tun, aber in einer Form, in der man es nicht mehr brauchte oder nicht mehr besitzen wollte. Seine Auftraggeber wollten sich davon trennen und oft genug erwarteten sie nicht einmal, dass er sie für den Wertverlust entschädigte, der durch das Wegräumen für sie als Kunden entstand. Und da er ständig in den „Heiligen Hallen" des Eigentums verkehrte, sprich in Wohnungen oder Häusern, hatte er schon viel erlebt und gesehen und konnte beobachten, wie Menschen mit ihrem Eigentum als hohes Gut umgingen.

Als er einmal mittags in einem Metzgerimbiss eine Leberkässemmel verzehrte, kam er mit einem älteren Mann ins Gespräch, der ebenfalls wegen des günstigen und zugleich schnellen Mittagessens im Lokal war. Der Essenskollege begann zu reden, ohne von Karl angesprochen oder gefragt zu werden, und erzählte ihm, empört und aufgeregt zugleich, eine Geschichte, die ihn sehr bewegte und ihm zusetzte.

„Vorgestern ist meine Nachbarin verstorben. Gestern traf ich den Vermieter im Haus der mir zwar noch ‚Grüß Gott' sagte, aber auch: Endlich wird die Wohnung frei."

„Was haben Sie ihm gesagt?"

„Nichts."

„Warum ist dem Hausbesitzer so wichtig, dass die Wohnung frei wird?" fragte Karl.

„Na ja, die Nachbarin hat mehr als vier Jahrzehnte in der Wohnung gelebt und entsprechend niedrig war die Miete, die sie zahlte."

Karl kannte solche Geschichten zuhauf. „Ja, den Tod von Menschen erleben manche Hausbesitzer wie einen

Befreiungsschlag. Endlich sind sie einen los, der in ihren Augen nur ein Kostgänger war und sich deshalb wenig lohnte."

„Die Nachbarin hatte ja noch mit den Großeltern des jetzigen Besitzers zu tun gehabt und mit ihnen den Mietvertrag abgeschlossen. Das waren anständige Leute. Auch deren Kinder haben das Haus ordentlich verwaltet. Aber seit kurzem ist der Enkel am Ruder und der scheint von der Gier nach Geld getrieben zu sein."

„Ja, die Enkel können heutzutage anders ticken. Sie sehen sich nicht mehr an alte Verpflichtungen gebunden. Wahrscheinlich war in ihren Augen der Großvater nur bescheuert, weil er so wenig Geld verlangte. Offenbar wird heute im Wirtschaftsstudium das Gegenteil von dem gepredigt, was vor 50 bis 60 Jahren noch die Regel war."

„Es ist ja auch ein Wahnsinn, zu welchen Preisen heute Immobilien gerade in einer Großstadt gehandelt werden," meinte der Rentner, gerade dabei, mit einer Scheibe Brot sorgfältig die letzten Spuren der Bratensauce vom Teller zu wischen.

„Wenn jeder Eigentümer mit seinen Sachen tun und lassen kann, was er will, dann ist es diese Geisteshaltung, die dafür sorgt, dass die Zahl der Armen immer mehr zunimmt," ergänzte Karl das, was ihm der ältere Mitmensch vortrug.

Mit einem „Servus" verabschiedete sich Karl von seinem Mit-Esser. Er fragte sich, wie unterschiedlich Handeln und Tun sein konnten. Aus seiner Sicht lebten die Immobilieneigentümer von zwei Gewissheiten, nämlich Grundeigentum und Geld zu besitzen. Um beides miteinander zu verrühren, brauchte es eine intellektuelle Leistung, und dies war das Streben nach Gewinn, was nur gelang, wenn sich das eingesetzte Geld vermehrte. Dieses Ziel äußerte sich als Wunsch, Wille, Pflicht, Zwang oder maßlose Gier. Es gab Eigentümer mit relativ bescheidenen Ansprüchen, denen Treu und Glauben als kaufmännische Grundsätze noch etwas bedeuteten. Dann gab es solche, die in ihrer Gier nach Mehr und noch Mehr lebten. Diese Eigentümer dachten skrupellos und griffen zu Mitteln, die in der Betrugsökonomie gang und gäbe waren. Gelegentlich hatte Karl auch mit solchen Eigentümern zu tun, aber zum Glück ging es in seinem Geschäft um die Kehrseite des Eigentums, nämlich um das, was niemand mehr haben wollte.

Nach einer solchen Begegnung begann Karl über das zu philosophieren, was im Grundgesetz Artikel 14 Absatz 2 stand: „Eigentum verpflichtet. Sein Gebrauch soll zugleich dem Wohle der Allgemeinheit dienen." Er fragte sich, was sich die wenigen Mütter aber sehr vielen Väter des Grundgesetzes dabei gedacht hatten, als sie diesen Imperativ als allgemeingültige Verpflichtung in das Regelwerk aufnahmen. Das lag wohl daran, meinte Karl, dass nach dem Krieg viel Eigentum zerstört war. Viele Menschen standen vor dem materiellen Nichts und mussten im Leben wieder von vorn anfangen. Unter diesen Gegebenheiten war klar, dass diejenigen, die etwas hatten, den Besitzlosen irgendwie helfen mussten. Der Besitz des Einzelnen sollte ihnen nicht allein gehören, auch die Mittellosen sollten daran teilhaben, wenn sie Hilfe oder Unterstützung brauchten.

Diese Aussage hatte für die Menschen, die sich nach dem Krieg ein neues materielles sowie geistigen Zuhause neu einrichten mussten, eine andere Bedeutung als für die heutige Generation. Unter den Vielen, die nach dem Krieg nichts oder nur noch wenig besaßen, waren auch Flüchtlinge oder Vertriebene, die mit wenigen Habseligkeiten in ihrem schmalen Gepäck irgendwo ankamen und wieder sesshaft werden wollten. In ihren Erinnerungen hingen sie an den Orten, wo sie aufgebrochen waren. Anhand von mitgenommenen Bildern erzählen sie von der Zeit, als die Familie noch in der alten Heimat lebte und das vielleicht nicht unter allzu schlechten Umständen.

Die jüngeren Altersklassen kannten die Lebensumstände der unmittelbaren Nachkriegszeit nur aus den Geschichten, die ihnen die Großeltern und Urgroßeltern erzählten, mal zu passenden, mal zu unpassenden Gelegenheiten, mal im Stil einer Reportage, mal als persönliche Erinnerung. Mit zunehmendem Alter wiederholten sie immer wieder ihre Erzählungen. Aus ihnen konnte man erschließen, welche Traumata sie immer noch bewegten und mit sich rumtrugen. Man konnte aber auch den Stolz über das Erreichte raushören. Manche kritisierten die damaligen Zustände und verbanden sie mit der Mahnung, dass sich so etwas nicht wieder ereignen sollte.

Der Artikel 14 des Grundgesetzes enthielt einen Leitgedanken: Über Eigentum zu verfügen, sollte dem Allgemeinwohl dienen. Kurz gesagt, niemand durfte mit seinem Eigentum machen, was er wollte. Dagegen sprach, was als allgemeiner Konsens galt, dass das Eigentum ein selbstbestimmtes Leben in Freiheit bewirkte und der Weg zum Wohlstand über die Mehrung von privatem Eigentum führte. Niemand konnte den Punkt benennen, ab dem das private Eigentum seine nützliche Funktion verlor und zum Schaden für die Gesellschaft geriet. Offen war, in welcher Form und in welcher Menge privates Eigentum schaden konnte. Aus der allgemeinen Formulierung, wie sie im Grundgesetz stand, konnte man schließen, dass sich die Gefahr wohl in allen Formen des Eigentums verbarg, sowohl dem immateriellen wie dem materiellen Eigentum.

Allumfassend war der Reichtum der Einzelnen wie der der Gesellschaft in Rechtstiteln festgehalten. Die Verpflichtung zum Gemeinwohl stand zwar von Anfang an im Grundgesetz, hatte aber bis auf seltene Ausnahmen wenig Biss. Nach dem Zweiten Weltkrieg wurde das beschränkte Angebot beim Wohnen „bewirtschaftet". Ein Wohnraumbewirtschaftungsgesetz sollte dafür sorgen, dass es dort, wo es Wohnmöglichkeiten gab, auch Menschen leben mussten. Wohnungen durften nicht ungenutzt rumstehen. Dieses Gesetz hatte der Bundestag verabschiedet und damit ein Kontrollratsgesetz ersetzt, das die Alliierten in den westlichen Bundesländern schon in Kraft gesetzt hatten. Das Gesetz beschränkte das Grundrecht auf Freizügigkeit im Bundesgebiet und sollte die Wohnungsnot nach dem Zweiten Weltkrieg bewältigen helfen. Mit diesem Gesetz gelang es den Mangel zu beheben und das Angebot an Wohnraum wieder zu mehren.

Heutzutage stand das Wohnen in vielen Fällen in einem krassen Missverhältnis zum Wohnen von damals. Dies erlebte Karl regelmäßig bei zig Räumaktionen. Oft genug kam er in ein Haus, in dem eine Person jahrelang auf einer Fläche lebte, die genügend Platz für mehr als eine, wenn nicht gar für zwei Familien mit Kindern bot. Nur wenigen Mitmenschen missfiel, dass in einer zu großen Wohnung nur eine Person lebte. Da mussten die alten Menschen schon selber auf den Trichter kommen, dass ihre Behausung für sie viel zu groß war. Meistens trat bei ihnen ein Umdenken erst ein, wenn sie spürten, wie die Pflege der Wohnung sie überforderte und sie nicht mehr fähig waren, sich ausreichend um Haus und Heim zu sorgen.

Karl hatte einmal in einem Studienkommentar für Jura-Studierende nachgelesen, wie Juristen den Artikel 14 des Grundgesetzes auslegten. Die Verfasser sahen die Garantie des Eigentums als eine grundrechtliche Säule der Wirtschaftsverfassung. Karl war klar, ohne Eigentum wäre der

Kapitalismus niemals entstanden. Interessant war, dass der Artikel auch den Geist der Aufklärung enthielt. Das Grundgesetz garantierte nur das Eigentum an Sachen und Tieren, nicht das Eigentum an Menschen. Leibeigenschaft und Sklaverei waren durch dieses Eigentumsrecht ausgeschlossen. Sachen oder Objekte als Eigentum konnten bewegliche oder unbewegliche Dinge sein. Wichtig war für Karl die Einsicht: Was als Eigentum galt, musste in materieller Form vorhanden sein. Die Gedanken und alles was in den Köpfen so rumschwirrte, waren kein Eigentum, solange sie nicht auf Papier standen oder in Stein gemeißelt waren. Eigentümer konnten nicht nur natürliche Personen sein, sondern alle Einrichtungen und Zusammenschlüsse von Personen, die kraft Gesetzes den natürlichen Personen gleichgestellt waren.

Im Kommentar war auch zu lesen, dass zum Wesen des Rechts die Definition gehörte: Privatnützig war das, zu dem ein Eigentümer befugt war, es selbst zu handhaben und über eine Rechtsnachfolge zu entscheiden, also eine Übertragung an Erben. Das Erworbene wurde geschützt und sollte als Besitz gelten und sich von Ansprüchen oder Anwartschaften auf Leistungen klar abgrenzen.

Der Gesetzgeber konnte dem Gebrauch des Eigentums Schranken setzen, wie zum Beispiel beim Umgang mit Grund und Boden und dessen Bebauung. Er konnte auch Eigentümer enteignen. Dies ging aber nur mit einem Gesetz, das auch die Entschädigung der Eigentümer regelte. Ohne geregelte Entschädigung war eine Enteignung nichtig. Wenn der Staat Grund und Boden für Infrastrukturprojekte und Gewerbeansiedlungen brauchte und dies im Interesse des Allgemeinwohls lag, konnte er Besitzer von Grund und Boden enteignen, musste aber die Eigentümer für ihren Verlust entschädigen. Grund und Boden waren eben nicht vermehrbar, nicht austauschbar und beliebig verfügbar, dessen Nutzung konnte die Gesellschaft nicht allein dem freien Spiel auf Märkten und dem Belieben des Einzelnen vollständig überlassen. Deshalb unterschied sich dieses Eigentum deutlich von anderem Besitz.

Mit Achmed wälzte Karl oft die Frage, wie man dem Nutzen für das Allgemeinwohl mehr Leben einhauchen konnte. Karl meinte, dass man sich zuerst einmal mit der verfügbaren Menge von Gütern zu beschäftigen hatte, gerade dann, wenn sie wirklich knapp war. Bei wirklich knappen Gütern konnte der Markt-Preis-Mechanismus nicht funktionieren und das Angebot mit der Nachfrage nicht abgleichen, dies gelang nur dann, wenn es ein Zuviel an Angebot gab, einen sogenannten Angebotsüberhang. Dazu hätte es zum Beispiel bei Wohnungen ein Zuviel geben müssen, das zeitweise ungenutzt herumstand. Denn bei einem Überangebot, so die Logik der Wirtschaftstheorie, konnte das Marktgeschehen dafür sorgen, dass die Preise wieder sinken. Solange das Angebot aber knapp war, wurde die Nachfrage nicht ausreichend bedient und die Preise schossen nach oben. Preise konnten sich nur in einem Feld bewegen, wo es eine sich hin und her bewegende Knappheit gab. Deshalb hatte im Gegensatz zur Knappheit ein Überfluss an Gütern auch keinen Preis. In einem paradiesischen Zustand, wo Milch und Honig überreichlich flossen, brauchte niemand Geld. Für einen Überfluss, der sich als Müll angehäuft hatte, wollte dagegen keiner mehr etwas bezahlen.

Karl verstand, warum der Markt die Nachfrage in bestimmte Wohnsegmenten nicht regeln konnte. Noch weniger begriff er, warum einige Vertreter der Wohnungswirtschaft werktags nach staatlichen Hilfen riefen, aber sonntags rausposaunten, sie wüssten als Akteure im Markt allemal besser, was der Wohnungsmarkt brauchte und ihm guttat. Es lag doch auf der Hand, dass das Schaffen von bezahlbarem Wohnraum ohne Politik nicht gelang und die Politik ständig mit Subventionen und Regeln in den Markt eingreifen musste, um die Wohnungswirtschaft zu steuern.

Nach Ansicht von Karl und Achmed konnten die Gründungsmütter und -väter des Grundgesetzes auch gar nicht bedenken, welche Formen das Eigentum im Laufe der Geschichte annehmen würde.

Karl meinte: „Eines ist klar erkennbar, das Recht auf Eigentum verpflichtet niemanden dazu, es auch zu nutzen. Das kann man sehr gut an den Autos oder Fahrrädern sehen, die wochen- oder monatelang auf öffentlichen Flächen rumstehen und nicht gebraucht werden."

Achmed fügte hinzu: „Wenn wir in den Vororten mit den Einfamilienhäusern unterwegs sind, dann parken dort oft genug die Privatfahrzeuge nicht in den Garagen der Hausbesitzer oder vor den Garagen auf privaten Flächen, sondern auf der Straße. Wir wissen ja, dass manche Garage zweckentfremdet als Lager für alles Mögliche dient und ein Auto gar nicht mehr reinpasst."

Jetzt kamen beide so richtig in Fahrt. Karl ergänzte: „Man kann ja vielfach lesen, dass sich Bewohner, die ihren Hauptwohnsitz in Feriengebieten haben, über ein Überangebot an Zweit- und Ferienwohnungen beklagen. Diese Unterkünfte sind nur wenige Wochen im Jahr bewohnt und stehen die meiste Zeit leer. Manche Kommunalpolitiker vor Ort beklagen dies als Missstand und sagen, dass ungenutztes Wohneigentum eine Last ist, weil es den Zugang zum Wohnen und die Lebensweise der Menschen einengt, die ständig, also dauerhaft in diesen Orten leben wollen. Trotzdem gilt ein Eigentum, für das sich niemand interessiert oder das als Hab und Gut vernachlässigt wird und nicht mehr gepflegt wird, in der herrschenden Meinung und den Augen aller als unantastbar."

Beide konnten sich beim besten Willen nicht vorstellen, dass dies im Sinne der „Erfinder" und „Begründer" war, die die Eigentumsregeln im Grundgesetz erdacht und niedergeschrieben hatten.

Achmed brachte einen weiteren Gedanken ins Gespräch ein: „Auch dem Ansammeln von allem Möglichen setzte der Artikel 14 keine Grenzen. Auch dafür, ob ein Zuviel nicht zu Lasten der Allgemeinheit gehen kann, gibt es weder eine formulierte Regel noch irgendeine Sorgfaltspflicht. Deshalb können sich die Bürgerinnen und Bürger beim Umgang mit ihrem Eigentum völlig frei fühlen. Sie dürfen eine Materialschlacht veranstalten und Einzelteile auftürmen, bis bildhaft gesprochen Behälter überquellen oder Töpfe überkochen. Sie können dieses Sammeln ohne schlechtes Gewissen tun. An ihrem Verhalten müssen sie nicht zweifeln und auch nicht darüber nachdenken, ob ihr Verhalten dem Grundgedanken des Eigentums irgendwie schadet oder ihn in Misskredit bringt."

Karl merkte dazu an: „Eine gewisse Lagerhaltung braucht es ja schon. Bestimmte Dinge nutzt man nur wenige Male im Jahr. Dazu gehört der Christbaumständer oder die Skiausrüstung und andere Dinge, die man zu bestimmten Jahreszeiten aus dem Speicher holt. Zum Beispiel eine Lederhose, speziell für den Gang zum Oktoberfest, die auch nur einmal im Jahr beim Wiesnbesuch getragen wird. Aber ich habe keine," und er fügte scherzend hinzu, „weil ich unter einem Lederhosentrauma leide. Denn als Kind musste ich diese Hose einen Sommer lang tragen und dies ist als schlechte Erfahrung bei mir ein Leben lang hängen geblieben. Deshalb geht die Werbung, in der ein Verkäufer die Lederhose einmal zum nachhaltigsten Kleidungstück erklärt hat, an mir vorbei. Da kann er noch so behaupten, die Lederhose sei eine Anschaffung fürs Leben, weil man sie ein Leben lang tragen kann. Diese Aussage kann mein Trauma nicht lindern."

Beide waren sich einig, dass das Grundgesetz dem Konsum keine Grenzen setzte. Das Gegenteil traf zu, denn die Politik hatte sich gesetzlich verpflichtet, für ein stetiges materielles Wachstum zu sorgen und Wirtschaft und Medien priesen dies als einen Grundpfeiler. Die alltägliche Selbstenteignung von den Überresten gehörte zwar zur Wirtschaft, wurde aber als Nebensache behandelt und konnte nicht deren Aufgabe sein. Wenn gelegentlich angemahnt wurde, das Kaufen zu mäßigen, dann rückten zuallererst die Überreste des Konsums in den Blickpunkt. „Experten" beschäftigten sich dann mit der Vielfalt und Menge an Verpackungen, nicht aber mit den Waren selbst, es sei denn, sie galten als schädlich oder problematisch für die Gesundheit. Die Menschen sollten, wenn sie ihren Konsum beschränkten, zuerst einmal den Abfall begrenzen aber nicht den Konsum selbst, also den Kauf von Waren. Die Abfallwirtschaft entfernte den Müll und darin steckte eine Art von Ironie, weil dieser Sektor am Ende der politischen Entscheidungskette angesiedelt in der Hand der Kommunen lag. Diese mussten sich den Dingen annehmen, die am Ende niemand wollte.

Die Gründungsmütter und -väter des Grundgesetztes hatten auch nicht daran gedacht, dass irgendwann ein Berg an Überflüssigem und Unbrauchbarem erst sprießen und dann wachsen konnte. Das konnte damals niemand auf dem Schirm haben. In den Anfangsjahren versprach Ludwig Erhard „Wohlstand für alle". Daraus wurde ein „Volle Speicher bei allen". Dies konnte der frühere Wirtschaftsminister sicher nicht ahnen, ob er es gewollt hätte, war eine andere Frage. Zu seiner Zeit gab es schon ein paar Reiche, aber an einen

Überfluss als Massenphänomen in der heutigen Form dachte er damals sicher nicht.

Den Artikel im Grundgesetz musste man nehmen, so wie er war, meinte Karl. Man konnte darüber sinnieren, ob Menschen stärker oder mehr als bisher dazu verpflichtet werden konnten, ihr Eigentum erstens zu nutzen und zweitens auf eine Weise, die dem Wohl der Gemeinschaft diente. Das klang auf den ersten Blick wie ein Eingriff in die Privatsphäre, aber dieser konnte, meinte Karl, ausgewogen begründet werden. Wie damit anfangen? fragte sich Karl. Wenn er beobachtete, wie manche Eltern mit ihrem Nachwuchs umgingen, sah er wenig Hoffnung. Ihm missfiel, wie Kinder in ihren Stuben herumlümmelten und die Eltern ihnen bis weit in die Jugendzeit hinein die herumfliegenden Socken wegräumten. Sich alles Mögliche zu kaufen, schien auch ihnen selbstverständlich zu sein genauso wie der Umstand, den Eltern das Beseitigen von Altgeräten und Verpackungskartonagen zu überlassen. Eltern, die sich in dieser Weise um ihren Nachwuchs und deren Konsumreste kümmerten, erzogen diese, ob gewollt oder ungewollt, zu unmündigen Konsumenten. Die Beobachtung, die Karl anstellte, traf selbstverständlich nicht auf alle Kinder und Jugendliche zu, aber in den Häusern, in denen er verkehrte, war es wohl gang und gäbe. Und er fragte sich weiter, wie beide Seiten, also Eltern wie Kinder, aus dieser „Nummer" wieder herauskommen und ihrem Hab und Gut mehr Achtung und Verantwortung entgegenbringen konnten.

Waren Hobbywerkstätten zu räumen, hatte Karl gerne Willy dabei. Er hatte eine sozialistische Erziehung genossen und kannte die Sitten und Gebräuche aus verflossenen Zeiten, als ein Staat sich dazu verpflichtet hatte, so die offizielle Lesart, den Arbeitern und Bauern zu dienen und sich folgerichtig als Arbeiter- und Bauernstaat bezeichnete und ausgab. Für beide war er der ABS, weil sie die offiziell genutzten Initialen als unzutreffend empfanden. Wenn er mit Willy in eine Werkstatt kam, die vor Werkzeugen, Handmaschinen und was auch immer überquoll, überkamen beide völlig verschiedene Gefühle: Karl, der Wegwerfer, traf auf Willy, den Bewahrer.

Achmed war mit Willys Tun einverstanden, denn er hatte sich bei früheren Gelegenheiten schon ausreichend mit Geräten eingedeckt und damit Freunde und Verwandte ausgestattet. Willy war es zutiefst zuwider, irgendwelche Werkzeuge, Handgeräte fürs Bohren und Schleifen usw. sowie die verschiedenen Schrauben, Nägel und was sonst noch in Schubladen herumlag, einfach wegzuwerfen. Ihn erwischte dann eine Art von Nostalgie, die ihn gefangen nahm. Er begann dann zu erzählen, wie schwer es für die Menschen im ABS war, sich mit Werkzeugen und Material zu versorgen. Irgendwie gelang es mit Voraussicht und Planung, aber es war nicht einfach. Dass jeder Hausbesitzer auch eine Werkstatt besaß, die mit einem Vollsortiment an Werkzeugen und Befestigungsmitteln ausgestattet war, wie er es bei einigen Haushaltsauflösungen vorfand, war undenkbar. Man behalf sich und half sich, man unterstützte sich, lieh Werkzeuge untereinander aus und war darin sehr kreativ. Man war, so würde man heute sagen, in ein Netzwerk eingebunden. Gegenseitige Hilfe und Unterstützung waren selbstverständlich und so gut wie immer abrufbar. Natürlich gab es damals auch solche und solche und man musste ja nicht mit jedem etwas zu tun haben, aber wo es funktionierte, war die Welt in Ordnung.

Willy war jetzt selbst zum Sammler geworden und Karl als Chef ließ ihn gewähren. Willy durfte aus den Werkzeugen die Sachen herausnehmen, die er für seine Idee brauchte: Er träumte davon, irgendwann mal einen Laden zu eröffnen, in dem er ausschließlich Werkzeuge anbieten wollte, die aus zweiter Hand kamen. Natürlich war er mit manchen Dingen schon völlig eingedeckt. Das waren meistens Sachen, die zur Grundausstattung zählten, wie zum Beispiel Hämmer, von denen er neulich zehn Stück aus einer Werkstatt mitnehmen konnte.

„Meine Güte," grummelte er, „haben die jedes Mal, wenn sie mal einen Nagel in die Wand klopfen wollten, einen neuen Hammer gekauft?"

„Bei Sonderangeboten von Hämmern muss der Handwerker schon zuschlagen," scherzte Karl zurück.

„Allein die Vielfalt ist schon verrückt. Es scheint für jede Art von Nagel auch einen passenden Hammer zu geben und dazu noch für jeden Schlag", meinte Willy. Er staunte einerseits über die unterschiedlichen Gewichtsklassen, denen er später die gefundenen Hämmer zuordnete, und anderseits, dass es auch Exemplare gab, die man zum Bearbeiten von speziellen Werkstoffen brauchte, zum Beispiel für das Zurichten von Steinen, Platten oder Fliesen. Diese Vielfalt und Verschiedenheit lernte er erst beim Sammeln so richtig kennen.

Karl meinte: „Der Hammer ist heute passé, jetzt werden viele Hammerschläge von Maschinen erledigt. Wenn heute ein Nagel geschlagen wird, klingt das so, als würde der Nagel mit dem Gerät ins Holz geschossen. Hammerschläge klingen heute wie Gewehrschüsse."

„Ist mir klar. So ein Gerät haben wir ja auch schon gefunden," erwiderte Willy.

„Der Hammer hat zudem kaum noch einen symbolischen Wert. Seit die kommunistischen Länder weitgehend verschwunden sind, hat neben dem Hammer auch die Sichel kaum noch eine Bedeutung und schon gar keine ideelle Strahlkraft   mehr.   Ihnen   ist   jeder   Zauber abhandengekommen." So begann Karl über das Hämmern und Sicheln zu philosophieren und führte fort:

„Der Hammer stand ja für die Arbeiter und die Sichel für die Bauern, die beide vereint zuerst für den Sozialismus und dann den Kommunismus sorgen sollten. Ist doch klar, dass für so eine Mammutaufgabe solche archaisch anmutenden Werkzeuge bei Weitem nicht reichten. Nun haben die Symbole ausgedient, weil sie zu diesem gigantischen Vorhaben einer Weltveränderung nicht passten oder dazu nichts betragen konnten."

Willy behagten Karls Ausflüge in die Geschichte und er fügte hinzu: „Der ABS sah das wohl skeptisch. Er merkte, dass nicht Arbeiter und Bauern allein den Sozialismus aufbauen konnten und hat statt der Sichel einen Zirkel ins Wappen aufgenommen. Er sollte für die Intellektuellen stehen und diese mit ins Boot holen."

„Vielleicht sollte der Zirkel auch zeigen, dass jeder besser fährt, wenn er sich nur in seinem Radius bewegt und aus ihm nicht ausschert?" überlegte Willy und fuhr fort: „Das ist gewiss eine gewagte Auslegung des Symbols. Aber mal ehrlich, wer kann heute mit Hammer, Sichel und Zirkel noch etwas anfangen und sie als Symbole begreifen, die einem Staat seinen Sinn geben?"

Da entgegnete Karl: „Immerhin sind im österreichischen Wappen auch Hammer und Sichel vertreten. Sollen die Symbole dort etwas anderes sagen, als das, was die sozialistischen Länder mit beiden Symbolen ausdrücken wollten?"

Willy meinte: „Na ja, aber reden tut darüber niemand. Ich frage mich, ob es dort nicht Menschen gibt, die beide Symbole am liebsten aus dem Wappen heraushaben wollen."

„Aber was tritt an deren Stelle?" fragte Karl zurück und hatte eine Antwort schon parat: „Laptop und Lederhose vielleicht?" fragte er. „Die kommen jedoch nicht in Frage, weil ein ehemaliger bayerischer Ministerpräsident diese Utensilien bereits für seine Politik in Bayern als Symbole vereinnahmt hatte. Sie sollten zeigen, wie Tradition und Fortschritt einträchtig miteinander in Bayern gelebt werden und dessen ‚DNA' ausmachen, wie man heute sagt."

„Und wie schaut es aus mit dem Land der Dichter und Denker? Welche Symbole könnten denn für das Dichten und Denken stehen?" fragte Willy. „Adler oder Löwe als Wappentiere wirken doch nur wie Verlegenheitslösungen! Na gut, solange es nichts Passenderes gibt, sind mir diese lieber. Warum, weiß ich auch nicht." beantwortete Willy seine rhetorische Frage.

Willy träumte von einem Laden. Er wollte dort Werkzeuge und alles, was in den aufgelassenen Werkstätten rumstand, zum Kauf anbieten. Zwar geisterte durch die elektronischen Netzwerke der Gedanke, dass Nachbarn sich miteinander verbinden sollten. Es würde Sinn machen, sich Werkzeuge oder Dinge wie eine Bohrmaschine besser gegenseitig auszuleihen, als sie selbst zu kaufen, aber leider geschah das zu wenig. Die Menschen wollten lieber das notwendige Teil dann zur Hand haben, wenn sie es brauchten. Das wiederum bedeutete, die Werkzeuge selbst zu besitzen. Warum sollten sie in solchen Fällen dann nicht ein Gerät nutzen, das aus zweiter Hand kam, meinte Willy. Er war überzeugt, dass in all dem Überfluss so viel übrig war, dass jeder davon etwas haben konnte.

Bei Schrauben, Dübeln und Nägeln brauchte man oft nur wenige Stücke. Die Baumärkte boten diese Sachen am liebsten packungsweise an. Manche verkauften auch Nägel und Schraubel einzeln. Aber warum mussten sie immer direkt vom Hersteller kommen? In seinem Laden sollte ein Kunde im Extrem auch nur mit einer Schraube oder einem Nagel in der Hand das Geschäft verlassen können und die Waren kämen bei ihm aus dem Fundus der aufgelassenen Werkstätten. Karl kannte die Idee und hatte mit Willy auch schon über einen Geschäftsplan gesprochen. Aber die Umsetzung kam nicht so recht in Schwung. Die Alternative dazu war, sich auf Flohmärkten als Spezialanbieter zu präsentieren. Das wollte Willy nicht. Es war ihm zu anstrengend, weil die Sachen einfach zu schwer waren. Er hätte ja vor und nach dem Transport zum Markt alle Teile ein- und auszuladen müssen. Außerdem hatte er beobachtet, dass die Besucher von Flohmärkten dort eher Ausgefallenes und Seltenes suchten. Dazu zählten weder stinknormale Werkzeuge noch Nägel, Schrauben oder Dübel.

Minimalismus

Was konnten denn die Menschen selbst tun, fragte sich Karl, um sich vor einem unendlichen Warenfluss zu schützen, der Dinge in ihre Haushalte spülte, die sie zwar vereinzelt brauchten aber in ihrer Menge überforderten. Wie oft hatte er bei seiner Arbeit schon in manchen menschlichen Abgrund geblickt und sich immer wieder gefragt, warum es dazu kommen konnte. Ihm war bewusst, dass seine Meinung zu dieser Frage nur ein Gedanke unter vielen sein konnte. Das absolut Gute gab es nicht und was er für das Beste hielt, war von einer vollkommenen Erkenntnis weit entfernt. Er suchte nach Wegen, die Erwerben und Verzichten irgendwie miteinander in Einklang bringen sollten und wie die Menschen ihr Dasein mit der Vorstellung von einem Gemeinsinn abgleichen konnten. Gab es handfeste Gründe, die ein Streben nach Immer-Mehr zügeln konnten?

Zumindest sprachen ein paar Motive für ein Weniger an Konsum, die so augenfällig waren, dass niemand sie widerlegen konnte: Wer sich beim Kauf von materiellen Dingen zurückhielt, sparte Geld. Zweitens brauchte er weniger Platz für all das Überflüssige, was sich Stück für Stück in Haus und Hof ansammelte und zu verstauen war. Drittens gab es keinen Kipppunkt, der den Zufluss an Waren von allein stoppen würde. Den Menschen war es auferlegt, ein „Zuviel" zu bändigen.

Wer wollte, konnte einen möglichen Geldgewinn, der sich durch ein Sparen beim Konsum ergab, ausrechnen. Wem dies zu aufwändig erschien, konnte über Ideen nachdenken, die als „Bescheidenheit," „Genügsamkeit" oder „Mäßigung" daherkamen und die man verinnerlichen konnte. Im Ruf nach diesen Werten sahen viele Menschen nur den erhobenen moralischen Zeigefinger hervorlugen. Trotzdem war Karl überzeugt, dass Menschen nur freiwillig und gewollt Dinge entbehren konnten. Für ihn war der Begriff „Minimalismus" die bessere Überschrift für ein maßvolles und bescheidenes Leben. Der Gedanke war im ökonomischen Denken verankert. Der erwünschte Minimalismus war eine fließende Größe und er sollte nicht so verstanden werden, dass nur Grundbedürfnisse als Lebensminimum zu befriedigen waren.

Die Menschen hatten ihre eigene Vorstellung von dem, was sie als Lebensstandard begriffen und erwarteten. Sie wünschten sich ein Leben, das ihnen behaglich erschien und worin sie eine Nestwärme spürten. Wenn Sozialwissenschaftler die Bausteine eines existenziellen Minimums erforschten, hatten sie, was Karl nachvollziehen konnte, eine minimale Lebensweise im Blick, die der Staat mit Mitteln seiner Wohlfahrtspolitik sicherstellen sollte. Die Allermei-sten wünschten sich eine geheizte, warme Wohnung mit Bad und WC und unter den Haushaltsgeräten stand die Waschmaschine ganz oben auf der Liste der Wünsche und Bedürfnisse. Welche Dinge in Summe die Menschen zufrieden stellten, war unterschiedlich. Anhand der Sachen, die Karl regelmäßig zutage förderte, konnte er die wissenschaftliche These bestätigen, wonach der Lebensstandard keine feste, für alle gleich geltende und unveränderbare Größe war, die abgestuft für einzelne gesellschaftliche Gruppen galt, sondern er wurde auch innerhalb von ähnlich verfassten Bevölkerungsschichten sehr verschieden ausgelegt. Der Lebensstandard unterlag im Lauf der Zeit einem Wandel. Dies sah Karl sehr deutlich, weil er meistens mit Nachlässen von Menschen zu tun hatte, die weder in Not noch Armut gelebt hatten. Was sie zurückließen und er entsorgen sollte, waren nicht übrig gebliebene Brosamen der Armut, sondern abgewirtschafteter Reichtum.

Als Karl beim Lesen der Zeitung erfuhr, dass zu einem Leben am Minimum eine Wohnfläche von fünfzehn Quadratmetern pro Person reichen sollte, wurde ihm klar: In den Liegenschaften, die er aufsuchte, hätten sich die Menschen mit dieser Flächengröße niemals zufriedengegeben. Dort lebten die Menschen zu zweit oder zu viert und ihnen hätten dreißig oder sechzig Quadratmeter Wohnfläche sicher nicht gereicht. Auf keinen Fall, dachte er sich, nicht mal die doppelte Größe hätten sie als angemessen empfunden. So gab es für seine Kundschaft eben keinen Grund, über ein Leben in Not und Elend zu jammern, obwohl er sich solche Geschichten gelegentlich anhören musste.

Was die Menschen an materiellen Dingen begehrten, wurzelte und keimte in der wirtschaftlichen und sozialen Wirklichkeit. In ihren Gedanken konnten die Menschen über das hinausgehen, was sie hatten und worüber sie verfügten. Wenn sie dann aus ihren Träumen erwachten, formatierte ihre materielle Ausstattung wieder den Rahmen, in dem sie das Ge- oder Erträumte umsetzen konnten. Das materielle Sein konnte wie ein Motor Entwicklungen antreiben und das Leben verbessern, aber es konnte zugleich wie eine Bremse den Eifer zügeln und die Aussichten auf eine bessere Zukunft zurechtrücken. Der Werbeslogan „Träume nicht dein Leben, lebe deine Träume" klang im ersten Moment ganz hoffnungsvoll, weil er unterstellte, die Menschen wären fähig nicht nur in ihren Träumen die Schranken des Machbaren zu überwinden. Leider konnte dies nicht gelingen.

Solange die Menschen über das notwendige Geld verfügten, erfüllten sie sich über ihre Grundbedürfnisse hinaus auch exklusive Wünsche. Die Spannweite reichte vom Papierschiffchen bis zur Luxusjacht, von der Bierbank bis zum Ledersessel. Bei dieser materiellen Seite des Reichtums folgte die Marktwirtschaft schon seltsamen Regeln. Zuerst gaben die Menschen ihr Geld aus, um ein- und anzusammeln, was sie wollten und wenn es zu viel davon gab, war das ganze Zeug nichts mehr wert, weil es für Überfluss keinen Preis gab. Deshalb brauchte es beim Streben nach materiellen Dingen eine Grenze, die Karl sich als Maß und Mitte vorstellte. Jedoch konnte auch er nicht sagen, ab welchem Punkt, sofern er eintrat, ein materieller Reichtum zu Tand und überflüssigen Zierrat verkam und später zu Müll wurde.

Aber es gab Menschen, wenn auch nur wenige, die ganz anders über den Umfang ihres materiellen Vermögens dachten und einen anderen Schluss zogen: Sie entschieden sich bewusst für ein Weniger und verzichteten auf dessen Mehrung. Gelegentlich vertieften sich Karl und Achmed in die Frage, ob es Beispiele gab, die ihrer Vorstellung von einem gelebten Minimalismus nahekamen.

Karl meinte: „Was in Lehrbüchern als ‚ökonomisches Prinzip' verkauft wird, ist wenig hilfreich. Es sieht vor, dass man mit einem Einsatz an verfügbaren Mitteln ein Maximum an Ergebnis erzielt oder ein angestrebtes Ergebnis mit einem Minimum an Aufwand erreicht. Das Prinzip lässt offen, um welche Ziele es geht, die angestrebt werden oder welche Mittel man braucht, um nach dem Prinzip zu handeln. Offenbar bedient es nur das Gerede, dass jeder seines Glückes Schmied sei, es liefert aber keine Vorstellung von einem Maß, das als eine allgemeine Orientierung für eine Mäßigung dienen kann. Auch wenn man Begriffe wie Angemessenheit und Bescheidenheit als Vorhaben nimmt und in das Prinzip einwebt, dann kann es ganz gut klingen, wird aber wenig bewirken."

Er führte weiter aus: „Wenn wir ein Prinzip formulieren, dann soll sich der Mensch, der es befolgt, an dem messen, was andere erwarten. Der Einzelne soll sein Verhalten in ein

Verhältnis zu dem setzen, was im sozialen Diskurs als gegen- und wechselseitige Pflicht und Schuldigkeit verstanden wird."

Achmed ergänzte: „Das ökonomische Prinzip hat mit dem, was wir erleben, wirklich wenig zu tun. Wir wollen ein Maß für den passablen Konsum finden. Unser Vorteil ist, wir wissen aufgrund unserer Erfahrung, wo und wie der Konsum endet. Was wir brauchen, ist ein Maß für einen zivilisierten Konsum, der dem Ende vorausgeht. Deshalb schlage ich vor, dass ein Mensch am Endpunkt seines Lebens nur so viel zurücklassen soll, dass die Menge die Hinterbliebenen beim Entsorgen nicht überfordert. Wer auch immer die materiellen Reste wegräumt, ob Angehörige oder andere Personen, diese Tätigkeit soll niemand übermäßig in Beschlag nehmen oder beschäftigen."

Das leuchte Karl sofort ein und er steigerte sich in folgende Beschreibung. „Was du sagst, klingt wie ein materieller Imperativ, den Immanuel Kant vielleicht so verfassen würde: Horte nur so viel, wie du selbst aus freiem Willen und selbstlos bereit bist, als materiellen Nachlass von anderen Personen selbst zu entsorgen! Zu diesem Dienst sollte jeder bereit sein und, das muss ich noch anfügen und klar und deutlich sagen, man soll ihn weder ohne Zwang noch mit einer Aussicht auf Honorar leisten.".

„Ganz allein kann man den Imperativ so nicht stehen lassen," räumte Achmed ein und versuchte den Gedanken zu ergänzen: „Ein Verstorbener hat es nicht mehr in der Hand, wer seine Hinterlassenschaften beseitigen wird. Der Imperativ braucht noch ein Maß, das den Umfang der Leistung regelt. Meiner Meinung nach sollten ein bis zwei Menschen die Entsorgung innerhalb eines Tages, maximal an zwei Tagen erledigen können. Dieses Leitbild mit seiner Zeitvorgabe kann die Menschen dazu anhalten, sich beim Einkaufen noch zu ihren

Lebzeiten zu zügeln. Diejenigen, die es nicht tun, sollen deshalb vorsorgen, dass es genügend finanzielle Mittel gibt, mit denen die Nachkommen den Aufwand einer übermäßigen Entsorgung begleichen können."

Solche Gedanken machten sich Karl und Achmed meistens erst in entspannteren Situationen, zum Beispiel wenn sie nach getaner Arbeit bei einem Bier im Wirtshaus zusammensaßen. Hier konnten sie frei und offen reden und auch mal über den Tellerrand hinaus über Themen nachdenken und manche Gedanken entwickeln. In der Regel waren sie von den Ergebnissen ihrer geistigen Arbeit sehr angetan, besser, sie waren richtig von ihnen überzeugt. Nachdem sie eine zweite Halbe bestellt hatten, gesellte sich Georg zu ihnen und fragte sie auf seine für ihn typische ironische Art: „Servus, ihr schaut wieder so aus, als ob ihr euch mit Abfallphilosophie beschäftigt!"

„Ja, mit was denn sonst?" fragte Karl zurück und erklärte Georg den Imperativ, den sie beim Bier gerade ersonnen hatten.

Karl wiederholte den Imperativ. Georg hörte andächtig zu und versuchte ihn spontan mit eigenen Gedanken zu unterfüttern: "Gut ist, dass ihr das Pferd von hinten aufzäumt, nämlich von der Frage, was ein Mensch denn einfach so seinen Nachkommen hinterlassen darf, mit dem sie am Ende wenig bis nichts anfangen können oder wollen. Alle Erben schielen zuerst auf die Immobilien und das Geld. In diesen Fällen muss sich niemand vor seinem Ableben sorgen, dass jemand so ein Guthaben ausschlägt. Aber wieviel darf er an Gegenständen anhäufen, die niemand will? Darüber sollte er zu Lebzeiten schon nachdenken." Mit ernstem Unterton fuhr er fort: „Aber ein bisschen muss ich dagegenhalten: Wer fordert, dass man sich beschränken soll, sollte wissen, dass dabei die Freiheit auf der Strecke bleibt; man darf nämlich auch maßlos und auch unvernünftig sein und über die Stränge schlagen, wenn man zum Beispiel in der Kneipe mal einen über den Durst trinkt. Was ihr euch da ausdenkt und von den Menschen erwartet, ist eine Moral."

Da musste Karl nicht lange nachdenken, denn das hörte er immer wieder und erwiderte Georg: „Ja, das ist Moral, aber eine, die nützt und hilft. Heutzutage wird doch alles, was einem nicht in den Kram passt, als Moral herabgewürdigt. Lieber Georg, die Menschheit kann ohne Moral nicht leben, sie ist ein Lebenselixier. Wenn eine Moral stört, dann ist es selten die eigene, der man anhängt, sondern die, die andere von einem verlangen. Aber der Inhalt oder die Aussage der Moral, muss ja nicht falsch sein. Wer kann denn für sich beanspruchen, den Stein der Weisen in Händen zu halten? Ich will es nicht und ich möchte mit diesem Leitsatz lediglich sagen, dass sich zu beschränken, letztendlich bedeutet, nicht mehr zu besitzen, als was man wirklich braucht oder nutzt."

Georg entgegnete etwas milder gestimmt: „Ein bisschen ist ja was dran an der Idee. Ich würde sagen, besser ist es, seine Bedürfnisse zu zügeln, weil man nicht alles sofort haben muss, was einem in den Sinn kommt. Ihr werdet sicher auch zu Kunden kommen, deren Habseligkeiten überschaubar sind, die ihren Konsum ihre Leben lang zügeln konnten."

„Sicher Georg, es gibt auch ein zivilisiertes Sammeln und Horten von Dingen," erwiderte Karl, „aber letzte Woche haben wir bei einem Kunden wieder einen Berg an Kleidung weggeschafft. Wenn wir Schränke öffnen, die mit Textilen vollgestopft sind und die Kleidung aus den geöffneten Schranktüren schon förmlich herausquillt, dann kommt mir zwangsläufig die Frage in den Sinn: Wie lange wurde das nicht mehr getragen, wie oft haben die Menschen die Stücke überhaupt angehabt und warum waren sie zu Lebzeiten weder willens noch fähig, sich davon zu trennen? Warum konnten sie keinen Schlussstrich ziehen und die überflüssigen Sachen zu Sammelstellen bringen oder in Kleidercontainer werfen oder an Sozialkaufhäuser abliefern? Ähnliches erleben wir, wenn uns ein Vermieter oder das Sozialamt beauftragen, eine Wohnung zu räumen. Oft ergießt sich dann, nachdem ein Schlüsseldienst die Tür zur Wohnung geöffnet hat, das darin Angesammelte aus der geöffneten Tür wie Senf aus einer geöffneten Tube. In solchen Fällen bleibt keine Zeit zu fragen, wie es dazu kommen konnte, dann steht schlicht die Klärung an, wie lange das Leeren der Wohnung dauert und was es am Ende kostet."

Georg fügte hinzu: „Es gibt ja den Begriff ‚Marktsättigung‘, der beschreibt, wenn es bei einem Produkt keine Nachfrage mehr gibt. Und sicher gibt es auch eine individuelle Konsumsättigung, wenn die Menschen einfach genug haben und irgendetwas nicht mehr kaufen wollen, aber offenbar wirkt diese Sättigungsgrenze nicht immer automatisch als Schutzmechanismus, der das Sammeln beendet, wie dein Beispiel zeigt."

Ihr Gespräch bekam nun eine andere Wendung. Sie suchten nach Beispielen, in denen Protagonisten ihre Genügsamkeit als Singularität herausstellten. Sie waren sich schnell darin einig, dass es nicht um diejenigen gehen konnte, die in ihren Erzählungen nur damit prahlen wollten, mit welchem minimalen Aufwand sie Großartiges erreicht hatten. Es ging ihnen um die Menschen, die ein Leben in Askese führten und sich mit wenig zufriedengaben. Da gab es welche, die die Medien als Vorzeigeobjekte rühmten, aber sie kamen als Vorbilder oder Beispiele nicht in Frage, weil die Mehrheit der „Asketen" es vorzogen, ihr Dasein abseits der medialen Wahrnehmung zu leben und zu gestalten.

Sie wälzten nochmals die Frage nach der angemessenen Ausstattung mit Klamotten und wie viele Stücke in Schränken hängen sollten. Sollten sie für zwei oder vier Wochen reichen oder musste man sich innerhalb eines Quartals jeden Tag neu einkleiden können. Allein schon aus hygienischen Gründen war es geboten, mehr als nur ein Outfit zu besitzen. Mit der Wahl der Kleidung wollten sich die Menschen auch zur Schau stellen und sich aus der Masse hervorheben. In welcher Kleidung jemand daherkam, prägte den ersten Eindruck und manchmal blieb er ein Leben lang an ihm hängen nach dem Motto: Weißt du noch, als wir uns das erste Mal trafen, da kamst du in Gammelklamotten daher oder wie auch immer. Gottfried Keller hatte in der Novelle „Kleider machen Leute" geschildert, wie jemand mit dem entsprechenden Outfit die Menschen so hinters Licht führte, dass diese ihn völlig anders wahrnahmen und verkannten. Der Protagonist in Kellers Werk wuchs aufgrund der Kleidung in den Augen seiner Betrachter über den sozialen Status hinaus und wurde deshalb anders wertgeschätzt.

Sich mit gebrauchten Textilien zu kleiden, kam schon in Mode und geschah in kleinen Schritten, aber hier ging es auch wieder um besondere Stücke. Auf einmal war Vintage angesagt, auch wieder so eine Spielart von Rosinenpickerei, stellte Karl fest. Trotz eines Trends zur Kleidung aus Zweiter Hand, wollten viele Menschen nur sogenannte eigene Sachen tragen. Manche waren bestrebt, ihre Sachen so in Schuss zu halten, dass sie noch andere Mitmenschen später tragen oder auftragen konnten. Es gab auch Situationen, in denen gebrauchte Textilien wie selbstverständlich akzeptiert waren. Zum Beispiel bezogen Hotels und Gasthöfe die Betten mit mehrmals gebrauchter (schon gewaschener) Bettwäsche und verteilten mehrfach gebrauchte Handtücher auf die Zimmer. Zig

Menschen hatten sie schon vorher benutzt und in den Krankenhäusern war es nicht anders.

Georg wollte noch folgenden Gedanken in das Gespräch einbringen: „Es gibt ja Menschen, die behutsam mit ihren Sachen umgehen und sie solange nutzen, wie es möglich ist. In den benediktinischen Ordensregeln zum Beispiel werden die Mönche zu einem achtsamen Umgang mit den Dingen ermahnt, die sie zum Leben brauchen."

„Da ist richtig," meinte Karl und fuhr fort: „Sie sparen aber nicht bei allem, was sie brauchen. Ihre Ländereien bewirtschaften sie mit Maschinen und in ihren Klosterbrauereien setzten sie längst moderne Technik ein. Sie nutzen den technischen Fortschritt, der sich ihnen auftut und betreiben Land- und Gartenbau sowie ihre Handwerke nicht mehr ausschließlich mit der Hand," und er fügte hinzu: "Wir haben nicht nur die Freiheit uns alles zu kaufen, sondern wir haben auch die Freiheit, in Maßen zu leben. Der Mensch ist frei darin, vernünftig wie unvernünftig zu sein."

Georg wollte Karls Aussage etwas zurechtrücken: „Manchen Ordensgemeinschaften führen kraft ihrer Regeln ein Leben im Minimalismus, sind aber mit Ländereien reich gesegnet und mit anderen Erwerbsquellen zum Teil üppig ausgestattet. Sie können damit nicht nur ihren Lebensunterhalt bestreiten, sondern auch soziale Unternehmen oder Angebote finanzieren. Allerdings erfordern die Liegenschaften einen Aufwand, der mancher Ordensgemeinschaft wie ein Klotz am Bein hängt, da sie die Bauten allein schon wegen ihres Alters und ihrer Geschichte als Denkmal ständig instand setzen müssen. Ihre materielle Zurückhaltung praktizieren sie im Stillen und leben nach Regeln, die die Ordensgründer vor Jahrhunderten niedergeschrieben haben. Diese Gemeinschaften richten sich nach diesen Vorbildern und leben genügsam und bescheiden. Überschüsse, die sie erwirtschaften, geben sie als eine Art Dividende nicht an die Mitglieder weiter, sondern teilen sie mit anderen, kurzum sie tun Gutes und ihr Reichtum dient so einem sozialen Ziel."

„Gut, dass du das so ausführlich erklärst," ging Karl dazwischen: „Der Auftrag im Minimalismus zu leben kann nämlich auch eine andere Form annehmen. Wenn Anhänger oder neudeutsch Follower auf eine Bescheidenheit verpflichtet werden, damit sich ein Oberhaupt selbst die Taschen füllt oder damit größenwahnsinnige Projekte finanziert, dann ist das kein Minimalismus. Hier wollen sich wenige zum Schaden anderer zu bereichern. So etwas kennen wir von Oberhäuptern und Leitern von Sekten der Neuzeit. Allerding liefert die Geschichte für ihr Verhalten genügend Vorlagen."

Achmed ergänzte: „Wir stellen fest, dass der Gedanke vom Weniger-ist-mehr in manchen Bereichen schon angekommen ist. Wenn wir zum Beispiel Gegenstände wegräumen, die noch in Plastikfolie verpackt sind, geht es ja. Aber bei älteren Paketen kann es vorkommen, dass der Inhalt in kleinen, wenige Millimeter dicken Styroporkügelchen schwimmt. Diese sind elektrostatisch aufgeladen und kleben überall, wo sie Halt finden, auch am eigenen Gewand. In neueren Paketen gibt es sie zum Glück nicht mehr. Diese Kügelchen sind das ekligste, was die Verpackungsindustrie sich jemals ausgedacht hatte. Ist der Gegenstand ausgepackt, muss man sie sorgfältig zusammenkehren, teilweise einzeln vom Boden auflesen und einsammeln. Dieses Styropor hat eine Sonderstellung, denn auf den Wertstoffhöfen gibt es dafür eigene Container. Plastik sind sie nicht. Zum Glück kommen sie nur noch selten vor."

Dann fiel Georg noch ein Vorgehen ein, das er aus der Betriebswirtschaftslehre kannte und was als Vorlage für ein Leben im Minimalismus herhalten konnte: „Das ‚Zero-Base-

Budgeting' schlägt vor, die Kosten bei eingeführten Kosten-stellen oder Kostenträgern von Zeit zu Zeit von null ausge-hend neu zu planen. Natürlich steht dahinter die Absicht, Kosten einzusparen. Diejenigen, die mit der Methode arbeiten, wollen nicht nach dem ‚Weiter-so-wie-bisher' verfahren, sondern alle Kostenarten prüfen, ob sie unbedingt notwendig sind, um sie im Budget zu berücksichtigen. Dieser Denkansatz könnte losgelöst von Kostenüberlegungen die Frage nach einer minimalistischen Lebensweise bereichern. Von dieser Methode angeleitet würde man fragen, was man unbedingt zum Leben braucht."

„Und was man braucht, sollte man sich auch gönnen," ergänzte Karl, „und zugleich auf das verzichten, was weniger oder gar nicht wichtig ist."

Nach Karls Ansicht enthielt das Buch „Die Kunst des stilvollen Verarmens, wie man ohne Geld reich wird" von Alexander von Schönburg einige Anregungen, wie man mit weniger auskommen konnte. Georg kannte das Buch auch und fand manche Ausführung etwas hochnäsig: „Der Autor will mit wahren Begebenheiten aus seiner großen Familie samt Verwandt- und Bekanntschaft belegen, wie man in verschiedensten Lebenslagen sich mit Weniger zufrieden geben kann. In einigen Geschichten hat er seinen Vater und dessen Lebenseinstellung als beispielgebend vorgestellt. Diese Ausführungen treffen wohl zu, denn ein Freund, der ihn beruflich kannte, hat mir bestätigt, dass der Vater meistens Zweite-Hand-Kleidung trug und die Zigaretten einer Billigmarke rauchte. Aber dann beginnt der Autor anzugeben, wenn er behauptet, dass er sich mit einem „stilvollen Verarmen" beschäftigen könne, weil er durch seine Einbindung in den Hochhandel dafür kompetent sei. Er habe etliche Male hautnah beobachtet, wie Personen aus diesem Kreis stilvoll verarmten. Zudem habe er es selbst erlebt, weil beide Elternteile mit adeliger Herkunft in den Nachwirkungen des Zweiten Weltkriegs ihren Besitz und Reichtum voll und ganz verloren hatten, den sie und ihre Vorfahren einst besaßen. Sie wurden schlicht enteignet. Für sie fing das Leben nach dem Krieg ganz von vorn an." Georg zog als Fazit: „Das mag ja sein, aber dafür gibt es genügend Beispiele auch aus Schichten, die nicht blaublütig sind."

Eine Geschichte aus dem Buch hatte es Karl dennoch angetan: „Ich finde es richtig, was der Autor zum Bewirten von Gästen schreibt: Wenn man Gäste einlädt und zuhause bewirtet, macht es wenig Sinn, jedes Mal ein völlig neues Gericht zu kochen. Das kann nämlich schief gehen. Es ist deshalb besser, sich auf ein einziges, in der Kochkunst bewährtes Gericht zu beschränken, das aber jedes Mal hervorragend zubereitet und serviert wird. Die Gäste wissen dann, was sie erwartet und sie können sich auf etwas Anerkanntes verlassen, müssen nicht über das Aufgetischte rumrätseln, als Gastroexperten vornehm um Aufmerksamkeit buhlen und sich als Feinschmecker ins Spiel bringen, sondern haben genügend Zeit, sich klug zu unterhalten. Ob diese routiniert inszenierte Übung bei allen Gästen im Haus des Autors ausnahmslos immer gut ankommt, wird im Buch nicht gesagt. Ich finde, mir ist ein Rezept zu wenig, aber ich werde mich in Zukunft auf drei Gerichte beschränken, die ich im Wechsel meinen Gästen auftische."

„Aber das ist doch nicht originell," warf Achmed dazwischen. „Wenn wir in großen Runden zusammenkommen, da geht es doch in erster Linie darum, dass sich erstens alle wohlfühlen und zweitens genug zu essen bekommen. Bei uns werden immer mehrere Speisen zubereitet, allein schon die Vorspeisen sind zahlreich und üppig. Da käme niemand auf die Idee, immer was Neues auszuprobieren, im Gegenteil, es kommen Speisen auf den Tisch, die bewährt und deshalb gut zubereitet sind. Und natürlich wird so viel gekocht, dass es für alle reicht und nicht am Ende volle Töpfe übrig bleiben."

„Eines kann ich dem Autor zugestehen," meinte Georg. „Er hat ja als Kind und Jugendlicher erlebt, wie manche Adelsfamilie wieder auf die Beine kam. Und in einem Punkt hat er wohl auch recht: Man kann am Beispiel des Adels lernen, dass man trotz eines materiellen Totalverlusts nicht automatisch deklassiert in der sozialen Verwahrlosung landet und dass Sitte, Anstand, Höflichkeit und andere Werte in diesem erlebten Abstieg nicht zwangsläufig verkommen müssen und auf der Strecke bleiben. Klar ist außerdem, dass Teile des Adels nicht erst infolge des Zweiten Weltkrieges, sondern im Lauf der Geschichte lernen mussten, wie man mit immer weniger auskommt, aber stets gut gelaunt bleiben kann. Wie viele von ihnen sind im Lauf der Geschichte wirklich in krasser Armut gelandet? Wenn mancher Adelige im Lauf der Zeit mehr oder weniger gezwungen war, sich in ein Leben in Genügsamkeit zu fügen, dann tat er das nicht freiwillig oder weil er irgendeiner Mode folgte." Karl war von Georgs Rede total überzeugt.

Das Gegenteil von einem Leben im Minimalismus verriet die Redewendung „Über die Verhältnisse zu leben". Deshalb achteten viele Menschen darauf dem zu entgehen und passten sich geschmeidig dem Geldfluss an. Das konnte auch bedeuten, sich nach der Decke zu strecken und sich einzuschränken. Lebten Menschen in Armut, hatte dies mit dem Minimalismus, den Karl im Auge hatte, nichts gemein. Persönlich kannte er wenige, die sich trotz Reichtum zum Minimalismus bekannten. Diejenigen, die sich aus selbigem Grund in den Medien präsentierten, konnte man fast an einer Hand abzählen und sie fielen nur auf, weil ihre Beweggründe exotisch wirkten. Obwohl solche Geschichten unterhaltsam rüberkamen und auch Karl sie gerne wahrnahm, war er der Meinung, dass ein Bekenntnis zum Minimalismus nicht mit Protzen und Prahlen zusammenpasste. Ein echtes Weniger-ist-mehr blieb Außenstehenden meist verborgen und sie konnten es weder sehen, noch messen, vergleichen oder bewerten.

Wenn ein Auftrag zu Ende ging oder erledigt war, führte Karl noch ein sogenanntes Nachgespräch mit den Kunden, die ihn beauftragt hatten. So kam er auch wieder mit Frau Immer-Schön ins Gespräch, die ihn gleich mit der Feststellung konfrontierte: „Da hatte mein Vater ja im Lauf der Zeit jede Menge an Sachen regelrecht aufgetürmt."

„Ich mag dem nicht widersprechen," sagte Karl, „aber es hielt sich im Rahmen dessen, was wir auch anderswo vorfinden und wegschaffen."

Zum Schluss wollte er das Bild, das seine Auftraggeber von der eigenen Familie hatten und vielleicht hochhielten, auf keinen Fall schlecht reden. Dies versuchte er unter allen Umständen zu vermeiden, schließlich lebte er auch davon, dass sie ihn an andere weiterempfohlen. Stattdessen lenkte er das Gespräch auf Aspekte, über die er gerne philosophierte und versuchte viel lieber, die Gesprächspartner in seine Gedankenwelt zu verwickeln:

„Das Gebot ‚Weniger-ist-mehr' zu beherzigen, klingt erstmal gut, wird aber kaum befolgt. Da tun wir uns alle etwas schwer."

„Sie hätten ja sonst keine Arbeit," schob Frau Immer-Schön mit ironischem Blick und einem Lächeln hinterher.

„Keine Sorge, auch wenn es weniger wäre, werden wir gebraucht, weil wir ja nicht nur Material entsorgen. Wir schaffen zwar Gegenstände weg, aber eigentlich kappen wir das unsichtbare Band, das die Menschen mit Gefühl und Verstand an sie fesselt. Manche haben keinen inneren Bezug zu den

Sachen. Andere brauchen uns, weil wir ihnen das schlechte Gewissen nehmen. Wir räumen weg, was den Kunden ihr Gefühl oder ihr Gewissen verbietet. Auch wenn es irgendwann weniger Sachen sein werden, schaden wird das uns nicht," entgegnete Karl.

Frau Immer-Schön fragte nun etwas überrascht und nachdenklich zurück: „Aber wie soll man denn mit weniger leben?"

„Genau weiß ich es auch nicht. Wenig zu haben bedeutet ja zunächst einmal, sich mit wenig zufrieden zu geben. Man kann das, was man hat, ausgiebig nutzen, vielleicht wie eine Zitrone ausquetschen. Grundsätzlich frage ich mich, ob die Besitzer die Dinge, die wir täglich wegschaffen, auch wirklich gebraucht haben. Was wir in den Transporter laden, sind nur selten Einzelstücke oder Raritäten. Überall finden wir Gegenstände aus dem Alltag, manche in großer Stückzahl, die nun weg gehören. Mir ist klar, dass die Menschen beim Einkaufen selbst darüber zu befinden haben, in welcher Menge sie etwas erwerben und wie Menge und Qualität so zueinander passen, dass sie ihren Bedürfnissen entsprechen. Auf der anderen Seite setzen die Verkäufer entsprechende Impulse, die dafür sorgen, dass die Leute einfach auf Teufel komm raus kaufen. Gelegentlich nötigen sie die Kunden, natürlich nur mit guten Worten, dass sie endlich zugreifen. Deshalb muss man sich nicht wundern, wenn überall die gleichen Sachen rumliegen."

„Wie weit geht denn der Wunsch nach dem ‚Weniger-ist-mehr'?" fragte Frau Immer-Schön. „Finden Sie, dass ich auch beim Essengehen sparen und weniger Urlaub machen soll?"

„Ganz allgemein gesagt entscheidet darüber die Fülle an Geld, die ein Geldbeutel für Ausgaben hergibt. Fast alle Einkäufe haben ihre Schattenseiten, sie haben negative Nebenwirkungen oder richten sogar Schaden an. Die Wirtschaft bezeichnet diese Begleiterscheinungen als externe Effekte, ohne sie ist kein Geschäft möglich. Dann sind wir schnell bei dem, was zu Lasten von Klima und Umwelt geht. Darüber können wie gerne reden, aber das führt wohl zu weit."

„Sagen Sie," warf Frau Immer-Schön ein, „ich denke, es gibt auch einen Reichtum an Wissen und Gefühl, sehen Sie den auch kritisch? Macht es Sinn, Kultur oder Sport zu begrenzen, die vorwiegend geistige und seelische Bedürfnisse bedienen? Soll ich weniger in die Oper gehen, weniger Konzerte besuchen, weniger durchs Theater oder Kino ziehen und am Ende auch noch weniger lesen?"

„Jetzt gehen Sie aus meiner Sicht einen Schritt zu weit," erwiderte Karl und spürte die Chance, etwas weiter auszuholen. „Oper-, Theater- oder Kinobesuche können Sie nicht auf Halde kaufen. Wir finden natürlich auch völlig veraltete und abgelaufene Theaterkarten, aber die nehmen keinen Platz weg. Bei kulturellen Bedürfnissen gibt es schon materielle Dinge wie Bücher, Tonträger oder Filmkassetten. Diese kann man nach dem Kaufen auch irgendwo stapeln. Aber hier geht es um den Inhalt, der in den Waren steckt, den Sie als Kunst genießen. Alles, was der Seele guttut und die Phantasie beflügelt, sehe ich positiv. Aber neben den Medien brauchen Sie auch einen Fernseher oder PC oder was die digitale Technik sonst noch bietet. Ohne sie können Sie die kulturellen Angebote gar nicht konsumieren. Und hier kommt nun ein anderer Punkt ins Spiel, nämlich wie viele Endgeräte braucht es da? Was meinen Sie, wie viele Fernsehgeräte und Audioanlagen wir manchmal in Häusern vorfinden? Gut, die meisten sind technisch veraltet, wie Videorecorder, Kassettenrecorder oder Röhrenfernseher. Aber oft genug steht in jedem Zimmer nicht nur ein funktionstüchtiges Teil, sondern gleich mehrere. Meinetwegen geht das in Ordnung, wenn in einer Gesellschaft die Menschen auch über die Medien soziale Beziehungen herstellen und pflegen möchten, weil ihnen dies als Singles nicht gelingt. Auch diese Menschen möchten an der Welt teilhaben und in einem sozialen Umfeld leben, in dem Beziehungen blühen und gedeihen können. Hierfür braucht es die Medien als Angebote, um intellektuelle und seelische Bedürfnisse zu befriedigen. Die Menschen wollen nicht ausschließlich sogenannte Basisbedürfnisse bedienen, denn sie wollen nicht nur wohnen, sondern auch leben. Natürlich ist es strittig, welche Nahrungsmittel zum Beispiel den Grundbedarf decken. In Bayern gehört sicher auch das Bier dazu."

„Ist ja gut, aber nebenbei bemerkt, Bier mag ich nicht." Und Frau Immer-Schön ergänzte: „Sehen Sie auch bei Sport, Spiel und Spannung eine Grenze, die nicht überschritten werden darf?"

„Nochmals, die Grenze setzt der Geldbeutel. Bei Büchern, Bild- und Tonträgern kann man erstens die genutzten oder gelesenen Exemplare weitergeben, auch wenn ich verstehe, dass man bestimmte Stücke unbedingt zuhause im Regal haben will. Zweitens kann man solche Gegenstände auch aus zweiter Hand kaufen. Aber Theater- und Opernbesuche aus anderen als aus Geldgründen zu begrenzen, kommt mir nicht in den Sinn. Alles, was die Menschen körperlich und geistig beweglich hält, sollen sie sich leisten, denn beide Elemente sind für ihr seelisches Wohlergehen wichtig. Damit bestimmt Letzteres, in welchem Maß man kulturelle Angebote konsumiert."

„Mit Ihrer Meinung gehören sie wohl zu einer Minderheit." Frau Immer-Schön machte sich ein wenig lustig über Karls Ansichten.

Er dagegen versuchte nochmals eindringlich einen Gedanken einzubringen, den er mit leicht erhobener Stimme vortrug: „Seien wir doch ehrlich, wie oft Sie beispielsweise ins Theater gehen, stört doch nur die allerwenigsten. Mich stören nur all die lumpigen Dinge, die der Konsum auskotzt, die überall rumliegen, Wege versperren, Platz wegnehmen, die sperrig, stinkend und teilweise ekelerregend sind. Wie steht es da um die Würde des Menschen, wenn er sehenden Auges seine Selbstkontrolle verliert und an seinem Wohnort in eine Situation abgleitet, wo er mit seinem Leben im Dreck endet? Die Menschenwürde schuldet er doch zuallererst sich selbst, oder? Das ist doch keine Sache, die ihm allein sein persönliches Umfeld schuldet, egal wie eng oder weit es gefasst ist."

Karl beruhigte sich und landete wieder auf dem Boden des Wirklichen. Was er wollte, war im Grunde recht einfach: Die Leute sollten sich nicht jeden Mist kaufen und den Überfluss als Müll, nur weil er ihr Eigentum war, für unantastbar halten.

Bei solchen Gesprächen lief in seinen Ohren wie eine Hintergrundmusik, was ihm einmal eine Psychologin eindringlich darlegte:

„Lieber Karl, mit deinem minimalistischen Imperativ magst du ja recht haben, aber bevor sich die Menschen deine Gedanken zueignen machen, haben sie vorher noch etwas anderes zu tun: Sie müssen einfach mal lockerlassen. Bevor die Mitmenschen sich von materiellen Besitzständen lösen, sind ihre geistigen und gefühlten Gewissheiten an der Reihe. Diese sind zu hinterfragen, weil sie ihnen den Halt geben, an dem ihr Hab und Gut hängt und ihr Verhalten sowohl antreiben als auch bremsen. Was du von den Menschen konkret erwartest, verlangt von ihnen, sich nicht mehr verbissen mit Herz und Verstand an ihren materiellen Plunder zu klammern. Erst wenn sie es nicht mehr tun, werden deine Gedanken vielleicht offene Ohren finden, erst dann raffen sich die Menschen auf und tun hoffentlich das, was in deinem Sinne ist. Merkst du eigentlich, wieviel Abstand vom Eigentum es in vielerlei

Hinsicht braucht, bis man auf seine Besitztümer locker und heiteren Gemüts blicken und sich von ihm lösen kann?"

Annahmen über ein sehr großes Rohstofflager

Es war schon einige Wochen her, als Karl einmal mit einer Lehrerin ins Gespräch kam. Sie erzählte ihm von einem Ausflug in eine Müllverbrennungsanlage, den sie mit Schülerinnen und Schülern unternommen hatte. Beim Gang durch das Gelände erläuterte ein Mitarbeiter der Anlage, wie die Müllverbrennung funktionierte. Er führte die Besuchergruppe zu einem Lager, das wie ein Bunker oder wie eine riesengroße Grube aussah. Darin lag der Müll, den die Lastkraftwagen dorthin abkippten. Große Greifarme waren ständig in Bewegung. Diese nahmen den Müll in die Zange und entluden ihn vor die Öffnungen der Verbrennungsöfen.

Die Lehrerin beeindruckte nicht nur die Menge an Müll, die im Bunker lagerte und zu einer einzigen Masse geworden war, sondern sie wunderte sich auch über die Farbe, in der sie den Müll wahrnahm. In ihren Augen erschien er völlig grau. Ihr Fazit war: „Was vorher farbig war, ist nun grau."

Karl erinnerte sich an einen Artikel, den er mal gelesen hatte, und sagte zu ihr: „Für einen bekannten Philosophen steht die Farbe Grau für eine diffuse politische Grundstimmung und die Zweideutigkeit in Politik und Moral."

„Ist Grau überhaupt eine Farbe?" fragte die Lehrerin.

„,Grau, teurer Freund, ist alle Theorie', sagt Mephisto in Goethes Faust und meint damit, dass mit dem erworbenen Wissen allein, noch lange nicht alles möglich ist oder gelingen kann. Und es gibt noch andere Deutungen, so steht Grau für das Unverbindliche und die Distanz, Grau bedeutet Abstand halten, es ist die Farbe der Dämmerung," antwortete Karl.

Die Lehrerin musterte ihren grauen Mantel, den sie fast regelmäßig auf dem Weg zur Arbeit trug. „Das Merkmal

‚Distanz' trifft gut die psychologische Wirkung von Grau. Wer im Beruf auf seine Neutralität achtet und den Abstand zu den Mitmenschen wahren möchte, trägt am besten Grau, als Kostüm oder Anzug. Offenbar tue ich es auch."

Karl fügte hinzu: „Diese Deutung von Grau passt auch gut zu dem, was wir Konsumenten zurücklassen. Diese graue Masse soll niemanden mehr etwas angehen, man hält Abstand von ihr, man will sie einfach nur loshaben. Die materielle Masse ist losgelöst vom privaten Besitz und der an ihr hängenden Sinnstiftung. Sie hat ihre Wirkung auf andere verloren, sie wartet darauf, verbrannt zu werden. Und am Ende bleibt nur die Asche, die auch niemand haben will."

Die Lehrerin erinnerte sich an ein Bild von Peter Paul Rubens, das mit dem Titel „Der Höllensturz der Verdammten" überschrieben war. Sie meinte zu Karl: „Der Müllbunker ist wohl das Vorzimmer zum Feuersturz des Verdammten. Hier handelt es sich um Müll, aber im Bild von Rubens sind Menschen gemeint, die in die Hölle fahren." Durch das Thema angeregt, fragte sie Karl: „Verstehe ich Ihre Arbeit richtig, dass Sie das Fegefeuer inszenieren also den Weg zur Hölle ebnen? Die Sachen, die Sie entrümpeln, geleiten Sie zum direkten Sturz ins Höllenfeuer. Sind Sie in Ihrem Verhalten immer unerbittlich konsequent oder schieben Sie bei manchen Konsumgütern das Ende noch etwas hinaus?"

Karl hielt dagegen: „Auch wenn wir manch Brauchbares erst einmal retten, verhindern können wir dessen Ende nicht. Vieles wird nur etwas später, wenn Sie so wollen, im Höllenfeuer landen. Nur wenige Perlen, die wir mitunter entdecken, bleiben davon verschont, weil weder die Eigentümer noch wir Perlen vor die Säue werfen wollen. Da passen wir schon auf."

„Suchen Sie gezielt nach den Kostbarkeiten?" fragte die Lehrerin.

„Nein, das nicht. Wir leben in anderen Zeiten und müssen tun, was von allen verlangt wird, nämlich die Wertstoffe zu trennen. Alles was verwertbar ist, wird aussortiert und in den entsprechenden Containern abgeladen. Nur der Rest landet im Mülleimer. Rosinen rauspicken wollen und können wir nicht."

Die Rede vom „Höllenfeuer" wollte Karl sich merken, nur sah er sich nicht mit dem Teufel im Bunde.

Karl und Achmed fragten sich oft, mit welchen Regeln sich das Ansammeln in Kellern, Speichern und Garagen zügeln ließe und sich scheinbar Überflüssiges wieder zu sinnvollen Gegenständen verwandeln konnten. Was jeder Einzelne schon dagegen tat, war ja in Ordnung, aber in der Summe war es zu wenig. Also müsste mehr geschehen, als auf die Freiwilligkeit von wenigen engagierten Personen zu hoffen.

Ein Informationsblatt des „Abfallwirtschaftsbetriebes München" aus dem Jahr 2022 fand er gelungen, denn es listete detailliert auf, wie private Entsorger die Überreste der Zivilisation sortieren sollten. An erster Stelle stand in der Liste der Restmüll, der nicht verwertbare Abfall. Dieser wanderte in die Müllverbrennung und war nur insofern nützlich, weil beim Verbrennen als Nebenprodukt Wärme entstand. Diese konnte zum Beispiel einen Generator antreiben und so elektrische Energie erzeugen, oder Dampf oder Warmwasser herstellen, das in eine Fernwärmeversorgung eingeleitet wurde. Früher landete der Restmüll auf Deponien, aber diese Zeit war hierzulande vorbei.

Dann folgte eine Reihe von Wertstoffen, die getrennt vom Restmüll entsorgt werden sollten, weil sie in der Regel noch zu gebrauchen waren. Bioabfälle konnten kompostiert werden. Aus Küchen- und Gartenabfällen entstand eine Erde, die vom Abfallwirtschaftsbetrieb zum Beispiel auf Bauhöfen oder in Gartenmärkten vertrieben wurde. Zu den Wertstoffen zählten dann alle Verpackungen aus Pappe oder Papier, Metall- und Alubehälter sowie Verpackungen und Plastikfolie und Glas als Einwegflaschen oder Glasbehälter. Unter diesen Wertstoffen waren etliche recycelbar, also wiederverwertbar. Sie wurden wieder zu Rohstoff verwandelt, aus dem dann neue Produkte entstanden. Unter der Rubrik „Andere Wertstoffe" befanden sich Metallschrott, Elektronikschrott, Holz, Korkabfälle, Altkleider und Schuhe. In diesem Sammelsurium waren auch Dinge dabei, die je nach Zustand wiederverwertbar waren, manche unter ihnen landeten später auch in der Müllverbrennung.

Sperrmüll, Problemstoffe und Gebrauchtwaren bildeten eigene Rubriken in der Tabelle. Darunter fielen Dinge, die oft noch funktionstüchtig waren, aber die Konsumenten hierzulande nicht mehr brauchten. Man konnte sie reparieren oder nach dem Austausch von Komponenten wieder in Betrieb nehmen, aber dafür hatten die meisten Menschen keine Zeit oder sie kannten niemand, der Geräte reparierte. Zudem erschien der Arbeitsaufwand für Reparaturen und damit der Preis als zu hoch. So fielen unter Sperrmüll alle Haushaltsgeräte wie Kühlschrank, Herd und Waschmaschine. Entweder waren sie kaputt oder noch tauglich, aber von der technischen Entwicklung überholt. Zum Sperrmüll zählten auch Matratzen oder Schrott-Fahrräder, die niemand mehr wollte. Viele Gebrauchtwaren, die auf dem Wertstoffhof landeten, waren noch tauglich und man konnte sie zum Wiederverkauf anbieten, entweder an Menschen mit weniger Kaufkraft oder an Kunden, die einen Liebhaberwert in den Sachen erkannten. Aber vielen Menschen war es lästig, nach potentiellen Abnehmern zu suchen. Der Gang zum Wertstoffhof erschien als die einfachste Lösung.

Zu guter, besser schlechter Letzt waren noch die Problemstoffe in der Tabelle aufgeführt, die schon in kleinen Mengen für Mensch, Tier oder Umwelt schädlich waren. Dazu zählten Batterien, Akkus, Leuchtstoffröhren, Energiesparlampen, Pflanzenschutzmittel, Lacke, Lösungsmittel und Desinfektionsmittel. Die Dinge waren kein normaler Müll, sondern wurden getrennt als Problemmüll entsorgt.

Pfandflaschen oder -dosen nahmen die Wertstoffhöfe nicht entgegen. Wer seine Flaschen nicht zum Supermarkt brachte, verließ sich auf Flaschensammler, die im öffentlichen Raum unterwegs waren und Pfandbehälter wie Dosen, Plastik- und Glasflaschen auflasen. Oft reichte ihr Einkommen nicht zum Leben und sie versuchten, mit dem im Supermarkt zurückerstatteten Pfanderlös ihr Budget aufzubessern. Es gab auch Menschen, die einfach so, ohne wirtschaftliche Not rumstehende Pfandflaschen mitnahmen und in den Kreislauf zurück führten. Gelegentlich konnte man hören, dass die Höhe des Pfands als Anreiz nicht reichen würde, damit jeder Nutzer auch jeden Behälter wieder zurückzugab.

Schwieriger war es, sich von nicht mehr benötigten Medikamenten zu trennen, die gerade bei älteren Menschen zuhauf rumstanden. Die Apotheken nahmen Medikamente teilweise nur widerwillig zurück. Deshalb landeten die meisten Medikamente im Müll, ohne dass vorher Tabletten aus den Verpackungen herausgenommen oder der Inhalt aus den Fläschchen entleert worden war.

Aufgrund der Erfahrungen, die Karl und Achmed bei ihrer Arbeit gesammelt hatten, waren sie davon überzeugt, dass die Abfallwirtschaft die Stoffe in ihrer Tabelle genau andersrum auflisten sollten. Der Restmüll war in Wahrheit der Letztmüll und um die Gegenstände, die als Sperrmüll aufgelistet in der Liste weit hinten standen, sollten sich die Menschen zuallererst kümmern, weil er größtenteils wiederverwertbar war. Aus dem Letztmüll war nichts mehr zu holen, mit ihm konnte niemand mehr etwas anfangen. Er war die grau schimmernde Masse, von der die Lehrerin erzählte, die in der Müllverbrennung landete und vielleicht noch Wärme erzeugen konnte. Deshalb war der Blick auf Dinge, die Menschen für unbrauchbar hielten, aber wieder verwendet werden konnten, viel wichtiger. Wenn die Menschen sich zum Wertstoffhof bewegten, um sich vom Sperrmüll zu enteignen, fragten sie nicht mehr, ob dieser anderweitig noch zu gebrauchen war. Hier war nur wichtig, ob sie ihn loswurden und wegschaffen konnten. Wenn aber jedem klar erkenntlich wäre, welche Sachen noch verkäuflich waren, stieg die Chance, dass sie erhalten blieben und irgendwie weitergereicht wurden. Ziel sollte sein, darin waren sich Karl und Achmed einig, dass am Ende eines Trennungsprozesses so wenig wie möglich als Letztmüll übrigblieb.

Es gab ja schon genügend Menschen, die über ein Leben ohne Abfall nachdachten oder zumindest forderten, wann immer es geht auf Dinge zu verzichten, die man nur einmal brauchte oder nicht weiterverwenden konnte. Auch Karl wollte nicht den Sperrmüll einfach zur Müllverbrennung bringen, das war nicht in seinem Sinn, aber bei den Mengen, die beim Ausräumen anfielen, gehörte es zu seinem Geschäft, Wertstoffe zu vernichten. Manche Kunden erwarteten auch, dass er so verfuhr. Karl und Achmed gingen schon gezielt vor und luden brauchbare Gegenstände zuerst in den Transporter. Aber oft genug behandelten sie Dinge als Sperrmüll, weil es von denen einfach ein Zuviel gab. Sperrmüll war eben alles, was allen Beteiligten als unbrauchbar erschien und ihnen war die Zeit viel zu kostbar, ums sich mit Sorgfalt oder Rücksicht damit zu beschäftigen.

Wenn Möbel beim Abtransport zu viel Platz beanspruchten, zerlegten sie diese gleich vor Ort. Einige Sperrmüllsammelstellen nahmen sowieso nur demontierte Möbel an, weil vor Ort keine Presse stand, die zum Beispiel Stühle und Tische zusammenquetschte, oder einen Schredder, der sie zu Kleinteile zermahlen konnte. Wenn Karl und Achmed meist mit roher Gewalt Möbel auseinandernahmen, bekamen manche Zuseher feuchte Augen. Das Zerkleinern von alten Möbeln geriet in Konflikt mit den Erinnerungen an den Kultstatus, den die Sachen einst besaßen. Sie wurden hoch und heilig ein Leben lang behandelt und galten deshalb als unantastbar. Diese Gefühlsäußerungen schürten nur Unruhe, der Karl und Achmed am liebsten so auswichen, indem sie auf Momente warteten, in denen sie die sogenannten „guten Stücke" unbeobachtet zerstören konnten.

Wenn Karl und Achmed auf dem Weg zu Kunden oft Siedlungen mit älteren Einfamilienhäusern durchquerten, kamen sie sie ins Gespräch und fragten sich, wie groß denn das Rohstofflager war, dass sich in den Siedlungen hinter den Mauern verbarg. Sie fassten darunter alles, was irgendwie noch brauchbar erschein oder auch war. Sie erkannten darin einen verborgenen Schatz, den es noch zu heben galt. Beide vermuteten bei der Anzahl der Häuser, dass das Ausmaß gigantisch sein musste. Die Bewohner hielten ja nicht in Inventaren fest, was sich bei ihnen in den Abstellräumen auftürmte, und wussten selbst nichts oder wenig über den Umfang dieser Schatzsammlung. Da sich das meiste im Dunkeln verbarg, konnten sie gar nicht erahnen, welche Sachen dort herumstanden und zu den Posten zählten, die das Wertstoffverzeichnis der Abfallwirtschaft enthielt und im Detail aufführte.

Wenn die medialen Wirtschaftsexperten bei jeder Gelegenheit einen Rohstoffmangel beklagten, warum konnte es dann nicht gelingen, diese Schätze zu heben, fragten sie sich. „Warum denn in die Ferne schweifen, wo das Gute liegt so nah," dachte sich Karl. Irgendwie verstand er ja die Menschen, die auf dem ganzen Schrott saßen, weil sie keine Lust hatten und deshalb wenig Anstalten machten, sich freiwillig und gut gelaunt damit zu beschäftigen.

Bei manchen Grübeleien zogen Karl und Achmed gern Georg hinzu. Mit ihm zusammen war es immer wieder anregend, einfach so ins Blaue hinein über Themen zu reden, wie zum Beispiel der Schatz an Rohstoffen zu heben war.

Georg rammte mit der folgenden Aussage gleich einen Pflock ein, um den sich wie eine Narbe das Rad mit seinen Speichen drehte und ihr Gespräch bewegen musste: „Alles, was wir hier besprechen, kann nur mit einem Appell an die Freiwilligkeit enden. Nach Artikel 13 Grundgesetz ist die Wohnung unverletzlich. Sie ist ein geschützter Raum, in dem jeder tun und lassen kann, was er will. Was wir uns immer ausdenken, zwingen können wir niemand, sich von seinem Zeug zu trennen, auch wenn es uns als gehaltvoller Rohstoff erscheint."

Karl entgegnete: „Wir wollen ja keine Wohnungen ausspionieren, im Grunde geht es mir darum, was jeder einzeln und damit wir kollektiv tun können, um die von uns vermuteten Schätze an Rohstoffen zu heben. Deshalb halte ich immer das gemeinschaftliche Sammeln für sinnvoll, das als Aktion beworben und durchgeführt wird. Man könnte diese Aktionen für jeden Rohstoff durchführen, zum Beispiel nach dem Motto: Wir räumen heute den Speicher auf und schmeißen alle Möbel raus, oder Metalle oder Elektronik oder Pappe und Papier oder Kleidung usw."

„Und Promis machen vor, wie sie sich vom Überfluss befreien, der sich in enormen Mengen in ihren zu groß geratenen

Behausungen befindet und aufgestaut hat," ergänzte Achmed Karls Vorschlag mit einem breiten Grinsen.

Georg versuchte noch tiefer zu bohren: „Nur richtige Aktionen machen Sinn, denn das sporadische Wegwerfen bringt zu wenig Stoff auf die Waage. Heute dies und morgen jenes, bringt keine Menge zusammen. Wir unterstellen doch, dass es Schätze zu heben gilt und nicht Krümmel aufzulesen und einzusammeln. Außerdem sollten wir einen Prozess anregen, der kontinuierlich läuft und sich nicht sprunghaft von Aktion zu Aktion bewegt".

„Auf dem Land gibt es ja gelegentlich solche Sammelaktionen," entgegnete Karl und fügte hinzu: „Auch in der Stadt haben Firmen im Auftrag von Wohlfahrtsverbänden schon versucht, zum Beispiel Klamotten zu sammeln."

Georg reichte das nicht: „Aus dem Einsammeln von Klamotten ist mittlerweile ein Geschäftszweig entstanden. Klamotten gehören mittlerweile nicht mehr in den Restmüll, sondern in Kleidercontainer. Man kann ja gelegentlich in der Zeitung erfahren, welche Mengen bei diesen Aktionen eingesammelt werden. Anscheinend reichen den Betreibern mittlerweile die Erlöse, nach dem, was man zu diesem Thema liest."

Karl fügte hinzu: „Obwohl Sammelaktionen mit Zetteln an Haustüren angekündigt werden und die Kleidercontainer überall rumstehen, ist doch zu fragen, inwieweit die Menschen bereit sind, regelmäßig ihre überflüssigen Klamotten auszumisten oder ob sie es nur tun, wenn nichts mehr in die Schränke passt. Das Ausmisten muss genauso alltäglich werden wie das Einkaufen. Eine andere Frage, die sich zusätzlich stellt, ist, was mit den Sachen geschieht. Angeblich wird ein hoher Anteil der eingesammelten Klamotten wiederverwendet, egal wer sie einsammelt. Aber die Läden, die Kleidung aus zweiter Hand anbieten, werden zwar mehr, sind aber noch dünn gesät. Solange gebrauchte Kleidung vorwiegend auf

Flohmärkten oder in Sozialkaufhäusern und Zweite-Hand-Läden von Sozialverbänden gehandelt wird, bleibt dies eine Nische. Erst wenn sich durchsetzt, dass die großen gewinnorientierten Bekleidungsgeschäfte eigene Zweite-Hand-Abteilungen einrichten, wird die Chance steigen, dass das meiste wieder hier auf den Markt kommt, und nicht irgendwo auf der weiten Welt auf Müllkippen landet."

Georg fragte zurück: „Kennst du große Geschäfte, die Zweite-Hand-Waren anbieten? Jedenfalls ist es noch nicht soweit, dass die Menschen mit voll bepackten Taschen die Läden aufsuchen, um alt gegen neu zu tauschen."

„Das ist bei Kleidung vielleicht auch etwas umständlich," meinte Karl und fuhr fort, „Ich denke auch weniger an die Kleidung, sondern an echte Rohstoffe in Elektronik- und Elektrogeräten. Sie enthalten die begehrten Rohstoffe, von denen immer die Rede ist. Kleine Geräte darf man inzwischen an die Händler zurückgeben, aber wir sehen doch, dass diese Praxis noch mehr Schwung braucht."

Georg ergänzte das Thema mit einem anderen Aspekt: „Bei Aktionen, die von oben angestoßen werden, sind nur wenige bereit, freiwillig mitzumachen. Die meisten Leute wissen ja, welchen Überfluss bzw. wieviel überflüssige Dinge und Überflüssiges sie auf Lager haben. Das bedeutet jedoch nicht, dass sie sich davon trennen wollen. Nur weil die Menschen wissen oder fühlen, wie man sich anders verhalten kann, bedeutet das ja nicht, dass sie dies auch tun. Sie sind intellektuell auf der Höhe der Zeit und vielleicht im Denken auch schon der Zeit voraus, verhalten sich aber konservativ und verharren beim Machen und Tun bei dem, was immer schon ist und war. Vielleicht helfen Impulse, die marktwirtschaftlich funktionieren, dass die Menschen aus eigenem Interesse handeln?"

Ein Trend, da waren sich alle drei einig, hatte ein marktwirtschaftliches Potenzial. Sie sprachen nun darüber, ob ein

„Refurbishing" in Zukunft eine größere Rolle spielen könnte. Waren würden dann nicht mehr einfach weggeworfen oder an Händler zurückgegeben, sondern generalüberholt oder renoviert weiterverwendet.

„Die Schokoladenseite schaut so aus," meinte Georg, „wenn zum Beispiel die Autofirmen darüber nachdenken, wie sie die technische Lebenszeit von Autos stabil halten oder gar verlängern können, dann wollen sie bestimmte Aggregate, wie Motoren, Batterien nach einer gewissen Zeit, die vertraglich vereinbart ist, austauschen. Dann können die Nutzer, so versprechen sie es, die ‚Kiste' ohne Furcht vor schwerwiegenden Pannen oder Stillständen weiterfahren. Die Schattenseite sieht aber so aus, dass ein Autobesitzer vertraglich an den Hersteller festgebunden ist. Er bestimmt, wann und aus welchem Grund ein Auto in die Werkstatt kommt. Das Auto wird dann zu einer Leihgabe des Herstellers an den Besitzer und der muss sich an die Bedingungen der Nutzung halten."

„Das ‚Refurnishing' ist dann die sanftere Methode," meinte Achmed, „denn es bedeutet lediglich, Wohnungen von Zeit zu Zeit aufzumöbeln. Nach einer grundlegenden Sanierung sehen sie dann wie neu aus. Auch einzelne Polstermöbel kann man zum Handwerker bringen, der sie mit neuem Schaumstoff unterfüttert oder ihnen Bezüge verpasst."

„In eine ähnliche Richtung läuft ja auch der Trend," führte Karl den Gedanken fort, „Häuser bzw. Bauten vor einem frühzeitigen Abbruch zu verschonen. Die Vertreter der Baubranche erwägen verstärkt, wie man Gebäude erhalten kann, gerade wenn sie erst wenige Jahrzehnte alt sind und im Innern meistens aus Beton bestehen. In eine vorhandene Betonstruktur wird dann ein neues Gebäude hineingebaut. Solche Ideen vom Bauen im Bestand stehen und fallen mit der Frage, welche Lebenszeit man dem Alt-Beton noch zutraut oder zubilligt."

Als Georg nochmals nachdenkend fragte, wie man die Menschen zu mehr Eigenverantwortung bewegen könnte, damit sie sich freiwillig von ihren verborgenen Schätzen verabschiedeten, bekam die Debatte auf einmal eine andere Richtung.

Er begann zu erzählen: „Es gab einmal ein Modell, da wurde in Haushalten und wo auch immer alles, was als Metall noch brauchbar war, vom Staat eingesammelt. Das ist schon einige Zeit her. Es geschah in China und die Kommunisten überschrieben die Aktion mit: ‚Der große Sprung nach vorn‘. Sie gingen damals rücksichtslos vor und haben alles einkassiert, was irgendwie als Metall brauchbar war."

„Um Himmels willen, das kann doch nicht dein Ernst sein! Diese Aktion mündete in einer Katastrophe, bei der zig Millionen Menschen umkamen," erwiderte Karl leicht lächelnd, denn er wusste, dass Georg das nicht ernst meinte und Letzteres sicher nicht wollte.

„Ich will die Aktion ja nicht wiederholen und die Idee von damals ist auch völlig weltfremd, nämlich die Industrialisierung aufs Land zu holen und die Bauern in sie einzubinden," betonte Georg. „In den Ortschaften entstanden kleine Hochöfen und weil es keine Erze auf dem Land gab, mussten die Bauern ihre Küchen und Gehöfte von allen Geräten leeren, die aus Metall waren, die sie dann in den Hochöfen eingeschmolzen haben."

Karl kommentierte: „Das hatte bekanntlich zwei Effekte. Einer war, dass die Bauern nicht mehr dazu kamen, die Felder zu bestellen, denn sie hatten nun als Hüttenarbeiter mit dem Einsammeln von Töpfen und dem Einschmelzen in Hochöfen zu tun. Nun konnten sie die Felder nicht mehr bestellen. Daraufhin gab es auf einmal nicht mehr genügend Lebensmittel und dies führte zu einer Hungerkatastrophe mit verheerendem Ausmaß, denn China war isoliert vom Rest der Welt und lebte von heimischen Lebensmitteln und konnte diese auch aus Mangel an Devisen nicht einfach irgendwo auf der Welt kaufen."

Achmed sprach Georg direkt an: „Ich erkenne in deiner Schilderung schon einen Wink mit dem marktwirtschaftlichen Zaunpfahl. Wahrscheinlich kannst Du dir gut vorstellen, dass das Einschmelzen von Eisen auch heute noch seinen Reiz hätte und irgendwie ankommt. Die Baumärkte, würden diese Idee sicher aufgreifen und kleine Hochöfen anbieten, ungefähr in der Größe eines Monstergrills. Die Käufer würden sie in ihre privaten Gärten stellen. Für solche Geräte legen Kunden schnell mal ein paar tausend Euro hin, auf die es letztendlich nicht ankommt. Eisen schmelzen wäre so etwas wie das Grillen von Billigfleisch und Gemüse, es wäre eine typische Domäne für Männer. Sie bekämen ein neues Hobby und könnten damit angeben, wie gut sie die Technik beherrschen. Am Ende würden sie mit den Mengen prahlen, die sie als Rohstoffbarren aus dem eingeschmolzenen Metallschrott gewonnen und weiterverkauft haben."

„Sicher ist, dass die Baumärkte richtig scharf darauf wären, solche Gräte zu verkaufen. Aber das Ganze klingt das ja wie ein Witz, das braucht doch keiner," erwiderte Karl. Georg fühlte sich gründlich missverstanden, sah aber ein, dass er mit dieser Geschichte wenig erreichte und dazu beitrug, die Frage nach den Rohstoffen zu beantworten. Er ließ die Sache bewenden.

„Im Grunde triffst du ja einen Punkt, lieber Georg," merkte Karl an und wollte das Nachdenken wieder ankurbeln: „Die Lücke zwischen Wissen und Tun wird am besten überbrückt, wenn Geldverdienen und Wettbewerb ins Spiel kommen. Es braucht eine klare Ansage, um welche Rohstoffe es geht und von welchen weltweiten Lieferanten die Wirtschaft nicht mehr abhängig sein will."

„Du denkst viel zu sehr in deiner Wegräumen- und Verwertungsschiene," entgegnete Georg. „Du willst die überflüssigen Dinge einsammeln und ausschlachten. Aber du siehst doch selbst, dass vieles noch gut in Schuss ist, was in den Speichern rumsteht. Würde das Eingesammelte erstmals auf Tauglichkeit überprüft und eventuell repariert, könnten viele Gerätschaften noch längere Zeit genutzt werden. Die Dinge gehören also nicht sofort zum Ausschlachter, der die rohstoffhaltigen Teile herausschneidet, um im Bild zu bleiben. Sie gehören an einen Ort, wo deren Nutzbarkeit begutachtet wird mit dem Ziel, sie noch länger am Leben zu halten."

„Im Kleinen geschieht das ja," gab Karl zu Bedenken, „aber mir geht es um die große überflüssige Menge, die einfach nur, weil sie viel zu groß ist, in der Müllverbrennung landet. Ich habe weder die Zeit und noch bezahlt mich jemand dafür, wenn ich mich über jedes Gerät beuge und es von allen Seiten aus betrachte und begutachte, um dann nach sorgfältigem Abwägen zu entscheiden, ob es noch konsumtauglich ist. Das Einsammeln ginge schon, aber das Ausschlachten von Gütern als groß angelegte Aktion kann nicht gelingen, weil unklar ist, wer die Halde abarbeiten kann."

„Ich halte es für notwendig, die Menschen dafür zu gewinnen, dass sie selbst etwas tun, damit ein schleichender Prozess in Gang kommt, in dessen Verlauf sich Keller und Speicher leeren, auch wenn du danach nichts mehr zu tun hast, lieber Karl," antwortete Georg voller ironischer Hintergedanken.

„Du musst dich um mich nicht sorgen. Es gibt so viele ältere Singles und auch Paare, die niemanden mehr haben. In solchen Fällen drängt sich niemand vor, der bereit ist, ihre Wohnung aufzulösen und zu leeren, sei es nach ihrem Tod oder nach dem Wechsel in ein Seniorenheim. Selbst enge

Verwandte drücken sich davor und suchen dann händeringend nach Leuten wie mich. Deshalb wird meine Arbeit, auch weil die Zahl der Alten permanent steigt, eher mehr statt weniger werden."

„Eines leuchtet mir ein," meinte Karl, er wollte dem Gedankenspiel wieder einen Schwung geben: „Wenn die Menschen mitmachen sollen, braucht es einen plausiblen Anreiz und das Mitmachen muss belohnt werden, damit das Einsammeln von Rohstoffen in Zukunft einen festen Platz in ihrem Leben bekommt."

Georg warf folgende Idee in die Debatte: „Am einfachsten ist, wenn die Menschen für jede Menge an Konsumresten, die sie abgeben, Geld erhalten. Geld ist das Mittel schlechthin, mit dem sich Verhalten ändern oder lenken lässt. Kommt Geld ins Spiel, läuft alles wie von selbst und wegen Geld etwas zu tun, wird allgemein akzeptiert egal, ob es daran mangelt oder ob es genug davon gibt."

„Das ist ja der Punkt, auf den die Vertreter der Marktwirtschaft so abfahren," meinte Achmed. „In unserem Fall bekäme jeder Rohstoff einen Preis, der von der Menge oder dem Gewicht der Ware abhängt und bestimmt wird und den man bei der Abgabe der Altware erzielt. Wenn früher die Schrott-, Papier- und Fellsammler über die Dörfer zogen, machten sie die Bewohner mit der Schelle in der Hand und einem kräftigen Klingeln auf sich aufmerksam. Die fliegenden Sammler nannten einen Preis für die gezeigte Ware und wer ihn akzeptierte, war sein Ungebrauchtes los. Diese Art von Geschäft funktioniert heute nicht mehr. Heute muss es seriös, planbar und kontrollierbar sein. Es kann schon gar nicht in städtischen Siedlungen funktionieren, weil die Leute tagsüber nicht zuhause sind und abends keinen Bock haben, ihre Altwaren einem fliegenden Händler feilzubieten, der zufällig und unangekündigt vorbeikommt."

„Ich verstehe dich so, dass es Abgabepreise braucht, die irgendwie transparent sind, und derjenige, der Waren abgibt, bekommt je nach Gewicht Geld auf die Hand. Das ist anders, als wenn die Leute für die Abgabe von Altwaren zahlen, wie es auf Wertstoffhöfen eher die Regel als die Ausnahme ist. Zahlen ist kein Anreiz, umgekehrt sollte es sein. Fraglich ist, wer beim Ankauf von Sperrmüll Geld auf den Tisch legt. Das funktioniert bei den Unternehmen, die das Entsorgen im großen Stil betreiben. Die Empfänger der Altwaren sehen diese wirklich als Wertstoffe und zahlen dafür Geld. Natürlich muss alles schön säuberlich nach Abfallarten getrennt und sortiert sein. Aber wie soll das bei den privaten Haushalten laufen?" fragte Karl.

Georg wusste: „In manchen Regionen zahlt der Staat Prämien an diejenigen, die kaputte, aber reparaturfähige Produkte an zertifizierte Stellen abliefern. Dort probieren die Handwerker zuerst einmal, das Ding wieder flott zu kriegen, was in vielen Fällen gelingt. Das hat natürlich seinen Preis, der aber durch die Prämie akzeptabel wird, sonst würden es die Menschen nicht tun. Leider gibt es noch viel zu wenige Landesregierungen, die Handwerker finanziell unterstützen, die bereit sind, Sachen zu reparieren. Und die Pflicht zur Reparatur, die gerade in Europa beschlossen wurde, reicht nicht. Ohne Geld vom Staat können Handwerker diesen Job nicht leisten, weil ihre Reparaturpreise in den Augen der sogenannten Verbraucher viel zu hoch erscheinen."

Karl war beeindruckt: „Das geht in die richtige Richtung. Wenn etwas im größeren Stil gedeihen soll, dann sollte es zu einem Koppelgeschäft werden. Ich stelle mir vor, dass das Kaufen von Gebrauchsgütern daran gebunden wird, dass der Kunde das alte, in seinen Augen unbrauchbare Gerät im

Gegenzug über die Theke reicht und abgibt. Nur wer sich von alten Dingen trennt, darf sich neue Sachen kaufen, möglicherweise mit einem Rabatt auf den Neupreis."

Georg dachte laut nach: „Welche Unternehmen machen hier mit? Sicher tun sie es nur unter einer Voraussetzung: Der bedingungslose Konsum, den sie als Shopping verherrlichen und deshalb schätzen, darf darunter nicht leiden. So mir nichts dir nichts etwas kaufen zu wollen, muss wohl weiter möglich sein. Ich denke dagegen an ein Punktesammelsystem, das nicht das Kaufen belohnt, sondern die Rückgabe von Altwaren. Es könnte ‚Giveback‘ heißen und würde zumindest hierzulande verstanden."

Karl fragte zurück: „Punkte sammeln bei der Rückgabe von Altwaren?"

„Ja," antwortete Georg, „das funktioniert dann ähnlich wie beim Flaschenpfand. Die Pfandgebühren sollen die Menschen dazu bewegen, dass sie das Leergut wieder in die Läden zurückzubringen," und er entwickelte seinen Gedanken weiter: „Wenn wir den Rohstoffschatz heben wollen, dann müssen es die Menschen tun und sie sollen dabei Punkte sammeln können. Wer Sperrmüll bei den Sammelstellen abgibt, erhält Entsorgungspunkte, sogenannte ‚Giveback‘-Punkte. Werden die Punkte beim Einkaufen eingelöst, gibt es einfach nur Geld, entweder direkt auf die Hand oder als Guthaben, das am besten auf einer Karte oder dem Handy gespeichert wird. Die Konsumenten können dieses Guthaben dann beim Zahlen einlösen. Dass diese Kreditpunkte wie eine zusätzliche Währung wirken, sei dahingestellt. Beim Einkaufen gibt es ja bereits Punktesysteme und diese sind erprobt. Sie belohnen aber das Gegenteil, nämlich das Kaufen und sollen den Konsum anreizen. Aber, so ein Punktesystem braucht auch das Entsorgen, das ist meine Idee. Und da geht es nur um Gegenstände und Dinge, die nicht in den Mülleimer gehören, sondern wiederverwertbar sind. Der Dreh daran ist, wer beim Entsorgen Punkte sammelt, kann diese beim Einkaufen einlösen und damit wird das Kaufen günstiger. Das Einlösen der Punkte wirkt wie ein Rabatt auf den Verkaufspreis. Das passt direkt zu unserer Art von Kapitalismus und hat mit Punktesystemen, die anderswo wie in China entwickelt werden, nichts zu tun." Karl führte den Gedanken weiter: „Wer Sachen hergibt, bekommt Punkte. Das System darf nur Privatpersonen zugutekommen. Ob dieser Prozess gleich von Anfang an funktionieren wird, wird sich zeigen. Ohne Regeln wird es nicht gehen. Wenn aber nach der Einführung erste Erfahrungen vorliegen, wird man schlauer sein und kann das System fit und stabil machen. Diebe sollen davon nicht profitieren. Die monatlich erzielbare Punktezahl braucht irgendwie eine Grenze, schon allein deshalb, damit die Wertstoffsammelstellen nicht beim ersten Ansturm in die Knie gehen." Letzteres formulierte er mit einem gequälten Grinsen.

„Die Einführung dieses Systems kann nur die Politik entscheiden," stöhnte Georg etwas genervt. „Da sehe ich schon einige sogenannte Experten vor mir sitzen, die diese Idee genüsslich zerreißen werden. Diesen Kollateraleffekt muss man hinnehmen. Dennoch, wird so ein Punktesystem entwickelt, muss klar sein, wie viele Punkte die Menschen für die einzelnen Rohstoffe erhalten. Die Aussicht auf Punkte soll die Menschen anreizen, selbst aktiv zu werden. Nur sie wissen schlussendlich, welche Sachen bei ihnen rumliegen und noch verwertbar sind. Dieses Gutschriftsystem soll lediglich dazu aufrufen, dass die Menschen ihren privaten Bereich durchforsten und sich von dem trennen, was rumliegt und weggehört und es soll daraus ein Prozess entstehen, der wie selbstverständlich immerzu läuft und in die Lebensgewohnheiten eingewoben ohne eine Vorschrift auskommt. So wird alles nicht als etwas empfunden, was man unbedingt tun muss."

Solche Gespräche führten Karl vor Augen, dass seine Absicht, den verborgenen Schatz an Rohstoffen zu heben, wohl mehr war, als nur ein dickes Brett zu bohren. Die Menschen, die es entwickeln und einführen wollten, brauchten zudem ein dickes Fell, von dem alle Anwürfe und Anfeindungen abprallten. Trotz allem wollte er sein Grübeln über die Frage, wie der Schatz an Rohstoffen zu heben war, fortsetzen und nach einem möglichen Weg suchen.

Geschichten vom Habeviel

Bei ihrer Arbeit begegneten Karl und Achmed Menschen, die sich von etwas verabschiedeten. Für sie ging eine Zeit zu Ende, in der ein verstorbener Mensch ein Teil der Familie oder des Freundeskreises war und mit dem zusammen sie das Leben geteilt hatten. Karl und Achmed wurden in einen Prozess eingebunden, bei dem es darum ging, sich endlich auch von den materiellen Dingen zu trennen. Dies waren im Grunde keine Erinnerungsstücke, die als Denkmal taugten, aber für die Kunden hatten sie noch eine Bedeutung und sie fühlten sich mit den Gegenständen verbunden. Die Menschen schuldeten einem Verstorbenen, ihn nicht nur zu beerdigen, sondern auch sein Eigentum nach dessen Tod zu achten und in diesem Sinne zu entsorgen. Nur wenige sahen darin einen Liebesdienst, den man für den Verstorbenen gerne übernahm. Manche taten es selbstverständlich, aber für die Mehrheit, meinte Karl, war das Wegräumen eine Pflicht, die man dem Verstorbenen schuldete. Ein paar Hinterbliebene verhöhnten die Arbeit als eine Plage, die über sie hereingebrochen war.

Karl fragte sich immer wieder, in welchem Maße sich Menschen zur gegenseitigen Hilfe angehalten fühlten oder aus eigenem Antrieb dazu verpflichten sollten. Er sah es als Verpflichtung, Menschen zu helfen, die sich in Not befanden. Diese Aufforderung zur Hilfe hatte jedoch hierzulande zwei Seiten. Zunächst einmal rückten die Menschen als Personen in den Blick, die der Hilfe bedurften und Unterstützung brauchten. Der andere Aspekt war, dass die Menschen auch Eigentümer von Gegenständen waren, die ihnen gehörten und um die man sich zu kümmern hatte. Man konnte sie ihnen in ihrer Notlage nicht einfach wegnehmen und zum eigenen Vorteil nutzen.

Das Eigentum gehorchte eigenen Regeln und hatte so seine Tücken. Etwas zu haben, hieß es zu besitzen. Besitz konnte man leihen oder er gehörte einem selbst als Eigentum. Wem eine Sache gehörte, sah man ihr nicht an. Dafür brauchte es Schilder, wie „Privateigentum, Betreten verboten" oder Dokumente, Formulare und Urkunden, die klar beschrieben, wem die Gegenstände gehörten. Ohne diese „Papiere" verloren Sachen den rechtlichen Titel, Eigentum zu sein. Selbst für den Nachweis, dass man als Mensch wirklich da war, also lebte, brauchte es eine Geburtsurkunde.

Ging es im Alltag nur um „Kleinigkeiten", war die Frage nach dem Eigentum schnell beantwortet: Jeder wusste, was ihm selbst gehörte oder als fremdes Eigentum jemand anderem. So drückte das Eigentumsrecht den meisten Sachen einen unsichtbaren Stempel auf, den das gesellschaftliche Umfeld in der Regel unvoreingenommen und selbstverständig wahrnahm und billigte. Einen Hinweis, der sichtbar angebracht ausdrücklich, klar und deutlich einen Gegenstand als Eigentum benannte, brauchte es in vielen Fällen nicht. Bei Zweifeln war das Eigentum rechtlich einwandfrei bestimmt, weil der rechtmäßige Besitz nicht mit dem unrechtmäßigen verwechselt werden durfte.

Bei der Fülle an Waren, die es hierzulande gab und ständig angeboten wurde, war es den Menschen möglich, ihr Eigentum ständig zu mehren und in einem Rausch des Habens zu leben. Diese Freiheit des Habenwollens begrenzte das verfügbare Geld bzw. die Kaufkraft. Sie ebnete den Weg zum Immer-mehr und wenn die Menschen zu wenig Geld in der Tasche hatten, spürten sie, dass sie eben nicht alles kaufen konnten, was sie wollten oder wovon sie träumten.

Trotz aller Nachteile, die dies für manch einen bedeuteten, verorteten viele Menschen darin das Urbild von Freiheit. Der Weg in die Welt der Waren stand allen offen und die

Menschen wollten materiell gesichert und frei von Sorgen ein unbeschwertes Leben führen. Dieses Grundverständnis war wie ein roter Faden in ihre Wünsche und Träume eingewoben und es schrieb das Drehbuch für den alltäglichen Film, in dem sie mitspielten.

Aber dieses Verständnis hatte auch seine Schattenseite, meinte Achmed: Wenn die Idee von Freiheit sich darauf beschränkte, dass die Menschen vorwiegend und für alle sichtbar die materiellen Bedürfnisse sättigten und sich damit zufriedengaben, dann deuteten manche Kritiker diesen Stil als ein Symptom der Verkommenheit, das sie gerade im westlichen System erkannten. Wenn der materielle Reichtum immerzu stieg, konnte entgegengesetzt eine geistige Leere entstehen. Dieses Phänomen stellte den Sinn des Reichtums in Frage. Einige Kritiker gaben zu bedenken, dass die Menschen gar nicht so viele Bedürfnisse haben konnten und die Warenanbieter sie ihnen nur eintrichterten. Sie wären auch als nimmersatte Konsumenten schlicht überfordert, alle Begehrungen zu befriedigen. Die Freiheit des Konsumierens stieß an eine Grenze, wenn mit jedem zusätzlichen Stück an Konsum dessen Zuwachs an Nutzen sank und zudem dieser Zugewinn in keinem Verhältnis zur getätigten Geldausgabe stand.

Karl und Achmed konnten fast täglich beobachten, dass den Habeviels das völlig egal war. Sie wollten darüber nicht nachdenken und erwarben alle möglichen Sachen auf Teufel komm raus, solange der Geldhahn floss. Die Waren türmten sich auf und es gab dafür keine Grenze. Das Vermehren von materiellen Reichtümern kannte keinen Kipppunkt oder erlebte einen Overkill, der beim Erreichen oder Überschreiten bewirken würde, dass automatisch alles Überflüssige wie schlechtes Essen wieder ausgekotzt würde. Das galt für Klamotten genauso wie für Immobilien und für das Geld sowieso.

Die Habeviels besaßen genügend Geld und konnten sich auch bei knappen Gütern schamlos bedienen. Weil es keinen systemimmanenten Mechanismus gab, der den Konsum stoppen konnte und die Menschen vom Zuviel befreite, verkamen Wohnräume zu Zivilisationswüsten. Dann waren sie vollgefüllt mit Klamotten, Möbeln, Büchern oder Kunstwerken von zweifelhaftem Wert oder einfach nur Abfall, eben mit allem, was die Konsum- und Sammelleidenschaft ins Haus schwemmte. Diese Schwäche des Konsumierens war eine Grundlage für Karls Geschäft. Hinzu kam als weiterer Grund, dass sich nur wenige Menschen regelmäßig und aus eigenem Antrieb von Dingen verabschieden wollten. Ihre Wohnungen füllten sich im Lauf der Zeit mit allerlei Gegenständen, wobei die betroffenen Menschen darin keine Verwahrlosung sahen. Dennoch kam ein Prozess des Loslassens in Gang, der sich unsichtbar hinter dem Rücken der Eigentümer vollzog. Er geschah auf eine Weise, dass der angesammelte materielle Reichtum schrittweise seinen Wert verlor und zwar in jeder Hinsicht. Die zugeschriebene Sinnstiftung löste sich in nichts auf und parallel sank der Geldwert in den Boden. Dieser Prozess der Entwertung endete mit einer Selbstenteignung. Wenn niemand mehr von der aufgetürmten Menge etwas haben wollte, war das, was übrigblieb, nur noch Müll.

Karl und Achmed erlebten die Wohnungen und Häuser, in denen sie aus und ein gingen, als die heiligen Hallen des Eigentums. Haus und Garten waren für viele Kunden das Aushängeschild oder Markenzeichen ihres Lebensstils. Viele Kunden besaßen die Anwesen als Eigentum. Für sie war es ein gelungener Baustein einer materiellen Lebensversicherung. Beide erlebten und spürten oft genug, dass dieses Statussymbol weit über das hinausging, was man als Grundlage oder Notwendigkeit für eine Existenzsicherung betrachten konnte. So ergaben sich zwangsläufig Gespräche, die immer wieder um das gleiche Thema kreisten, nämlich wie man mit Wohneigentum umzugehen hatte. Ihre Kunden befanden sich ja oft im fortgeschrittenen Alter und manche zählten wie in einer Litanei die Punkte auf, die ihnen im Lauf der Jahre an ihrer Immobilie missfielen. Was sie schon lange Zeit besaßen und bewohnten, war ihnen zur Last geworden. Immer gab es was zu tun und man war genötigt, die Liegenschaft zu erhalten. Diese Arbeit konnte man nicht einfach aufschieben oder gleich ganz sein lassen.

Nach so einem Gespräch mit einem Eigentümer flüsterte Karl einmal Achmed ins Ohr: „Diese Geschichten sind nichts mehr als ein reines Gejammer. Den Kauf der Immobilie haben sie jahrelang als Anschaffung fürs Leben gepriesen, aber den Haken daran, dass so ein Haus nie ein ganzes Menschenleben lang hält, heruntergespielt. Wenn die Technik veraltet, müssen sie wieder Geld hinlegen, um sie zu erneuern. Dazu braucht der Eigentümer oft mehr als ein Taschengeld. Wenn er nicht einsehen will, was die Reparatur kostet und er zu rechnen beginnt, wie lange er von der Reparatur aufgrund seines Alters noch profitieren wird, beginnt er zu knausern und jammert über die Höhe der Investition."

Achmed fiel noch auf: „Mit der Immobilie haben sie doch ein Pfund in der Hand. Es gibt ja kaum einen Besitz, der rechtlich so gut abgesichert ist, wie das Eigentum an Immobilien. Bei einem Eigentumswechsel muss ein Notar die beiderseitige Willenserklärung beurkunden und der Besitz wird im Grundbuch eingetragen, ein vom Staat geführtes Register. Mehr Rechtssicherheit gibt es kaum. Nicht nur deswegen wiegen sich die meisten Eigentümer in der Gewissheit, dass sie sich mit einer Immobilie ein Leben lang auf der sicheren Seite befinden."

„Deshalb kann ich mir dieses Gerede von den Nachteilen und der Last, die Immobilien angeblich darstellen, nicht mehr anhören," führte Karl den Gedanken fort. „Wenn die Leute schon darüber palavern, dann versuche ich ja häufig, den Gedankenaustausch in eine andere Richtung zu lenken. Es fällt doch auf, dass sich diese Form von Vermögen bei allem Gejammer doch deutlich vom Eigentum an anderen Gegenständen unterscheidet. Man kann ihn doch nicht in einem Atemzug mit Dingen vergleichen, die ebenfalls lästig sind, wie zum Beispiel einen Garten pflegen oder den Träger Bier selbst ins Haus zu schleppen. Das mag ja mit zunehmendem Alter beschwerlicher werden, aber ein Haus zu verwalten, ist doch etwas anderes, das spielt doch in einer anderen Liga. Wie kann man sich bei diesem Eigentum so unzufrieden gebärden und immer nur die Lasten und Pflichten ansprechen?"

Zu solchen Diskussionen kam es immer wieder, wenn Georg mit in der Runde saß. Er meinte:

„Wer Haus und Hof besitzt, gehört doch zu denen, die ihr beide gern als Habeviels bezeichnet. Das trifft auch zu, egal ob dies ihnen bewusst ist oder nicht. Natürlich gibt es eine Abstufung beim Stellenwert, der einer Liegenschaft zukommt. In der Regel hängt er von der Größe und natürlich der Lage ab, wo sich Grund und Boden befinden. Wenn die Immobilie in einem besonders attraktiven Landstrich liegt, genießt sie einen besonderen Status, besonders dann, wenn die Lage als Traum-Ort überschrieben ist oder als ein Wohnen an Orten, wo andere bestenfalls nur ihren Urlaub machen können. Solche Orte schließen die Mittellosen aus. Die Habeviels können den Geldwert von Grund und Boden allein wegen des Standorts besonders hoch veranschlagen und natürlich dafür Geld hinlegen. Mit den Bauten, die sie darauf errichten, also ihrem Eigentum, drücken sie sowohl der Landschaft als auch der Gesellschaft einen Stempel auf, der allen den Unterschied zwischen Arm und Reich deutlich vor Augen führt. Da helfen auch keine blickdichten Thuja-Hecken und Umzäunungen, mit denen die Eigentümer ihren Grund vor fremden Blicken zu schützen versuchen oder ihn gar runterspielen möchten. Niemand soll sehen, wie das Gelände ausschaut und welcher Habeviel sich darauf tummelt."

Karl hob die Stimme etwas an: „Wer mit dem Markt-Preis-Mechanismus das Gerangel um die Refugien, den sogenannten besten oder guten oder gar mittelprächtigen Lagen, bändigen will, darf sich nicht wundern, wenn die Preise für Grundstücke in lichte Höhen schießen. Da ist es egal, welche Gebäude auf den Filetgrundstücken oder in den Traumlagen stehen und ob die Eigentümer sie privat oder als Mittel der Geldvermehrung nutzen. Solange die Eigentümer die Mieter, Pächter oder Käufer ordentlich zur Kasse bitten können, geht die Rechnung auf, wobei diejenigen mit weniger Kaufkraft als Mietkonkurrenten und Kaufinteressenten automatisch ausscheiden. Leider bleiben diese hohen Preise nicht ohne Wirkung auf den übrigen Markt und die Menschen mit mittleren und unteren Einkommen, mit denen wir auch zu tun haben, wissen irgendwann nicht mehr, wie sie die steigenden Kosten fürs Wohnen noch stemmen können. Das merken wir mittlerweile nicht nur hier, sondern das Phänomen zeigt sich in vielen Großstädten."

Achmed wollte dem Gespräch eine andere Richtung geben. „Klar ist, der Mensch kommt auf die Erde und braucht einen Fleck zum Leben. Da frage ich mich, warum beim Wohnen von einem Recht, sogar einem Menschenrecht gesprochen wird. Was einem Menschen von Anfang zusteht, ist eine Lebensgrundlage, mehr nicht. Es gibt sie fernab von jeder

Form des Rechts, die eine Gesellschaft, in der er ankommt, ihm überstülpt. Und wenn Grund und Boden für das Wohnen knapp sind und sich eben nicht grenzenlos vermehren können, dann verbietet sich zudem die Rede vom Immobilienmarkt von ganz allein. Das ist doch eine Binsenweisheit."

„Da triffst du sicher einen Punkt," pflichtete Karl ihm bei und fügte hinzu. „Manche Immobilienbesitzer sehen sich auch nicht als Teil des Immobilienmarktes. Wir haben doch gelegentlich mit Kunden zu tun, denen lange Zeit nie bewusst war, wie reich sie angeblich sind. Erst beim Eintritt der Erbschaft haben sie es schwarz auf weiß bescheinigt bekommen, wie reich sie plötzlich sind. Es gibt nämlich Mechanismen, die Immobilieneigentümer auf dem Papier viel reicher machen, als sie es ahnen. Manche merken es erst, wenn es ums Vererben geht. Wenn zum Beispiel eine Immobilie vererbt wird, bemisst das Finanzamt die Erbschaftssteuer nicht nach dem Buchwert, der in der Buchführung steht, sondern nach einem Wert, den Gutachter aus Marktpreisen für jeden Ort errechnen."

Er fuhr fort: „In großen Städten wird dann auf der Grundlage eines fiktiven Werts eine Erbschaftssteuer fällig, bei der manche Erben wie auch Erblasser die Hände über den Kopf zusammenschlagen, wenn sie erfahren, was ihre Häuser auf einmal wert sein sollen und welche Steuerlast auf die Erben zukommt. Wenn Erben aus Mangel an flüssigem Geld oder fehlender Kreditwürdigkeit die Steuer nicht zahlen können, sehen manche sich gezwungen, ihr Erbe an Menschen mit mehr Geld zu verkaufen. In solchen Fällen ist es genau andersrum, als bei dem Kleinzeug, mit dem wir es zu tun haben. Die Erben würden was als Erbe übrigbleibt zwar gerne haben, können es aber aus Mangel an Geld nicht annehmen. Neulich hatten wir so einen Fall. Da hatte der Erbe nach dem Verkauf zwar Geld auf dem Konto, aber die Immobilie war weg und gehörte einem Habeviel. Die Erbschaftssteuer hilft also denen, die mit Reichtum schon gesegnet sind. Eine Kehrseite gibt es auch: Manchen Erben ist das ja auch recht, nach dem Motto, lieber Geld in der Tasche als eine Immobilie an der Backe. Aber diejenigen, die ein Haus behalten wollen, weil sie mit dem Besitz eine Familientradition weiterführen möchten, schauen oft betroffen in die Röhre und müssen gucken, wie sie die Erbschaftssteuer finanzieren."

Georg fügte hinzu: „Und am Ende der Kette bedienen sich einige Trittbrettfahrer an den steigenden Immobilienpreisen. Dazu gehören auch die Notare. Obwohl ihre Leistung im Grunde seit Jahrzehnten eigentlich gleichgeblieben ist, berechnen sie bei einer Beurkundung ihr Honorar nach Maßgabe der horrenden Preisentwicklung."

Karl erfuhr von manchen Lebensschicksalen, wo für eine Leistung Geld fällig wurde, die niemand erwartete. „Wenn Menschen zum Pflegefall werden und ein Immobilienvermögen besitzen, dann bittet der Staat für seine bürokratische Begleitung die Pflegeperson zur Kasse. Den Obolus, den er einfordert, bemisst er an einem geschätzten Wert von Immobilien zu Marktpreisen. Die Angehörigen oder Freiwilligen, die den Betroffenen pflegen, sind oft erstaunt, welchen Betrag dann der Staat verlangt und einfordert. Die Gebühr kann oft nur aus dem Geldvermögen der pflegebedürftigen Person beglichen werden, wenn die zu pflegende Person noch ausreichend Geld auf einem Konto hat."

Georg wollte die Debatte noch etwas ausweiten: „Wir sind uns einig, dass man das Immobilieneigentum nicht mit anderen Formen des Eigentums vergleichen kann. Interessant ist doch auch, dass das Einkommensteuerrecht den Bodenwert und den Sachwert von Gebäuden als zwei selbstständige Wirtschaftsgüter behandelt. Beim Gebäude wird ein

Wertverlust unterstellt und über mehrere Jahrzehnte hinweg als Abschreibung gebucht. Er bemisst sich an der Höhe der Anschaffungs- und Herstellungskosten. Der Preis für Grund und Boden wird zwar in der Buchführung berücksichtigt, der Bodenwert wird aber nicht jährlich abgeschrieben und kommt in der Steuererklärung in der Regel nicht vor.

„Also brauchen wir bei dieser Eigentumsform zunächst ein anderes Leitbild," führte Karl Georgs Gedanken fort: „Bei Grund und Boden soll eine Nutzung an erster Stelle stehen, sie mit mit Maß und Ziel erfolgt und nicht dem Tun-und-lassen-können ihrer Eigentümer gehorchen darf. Diese sozialverträgliche Nutzung muss messbar und überprüfbar sein. Die bedingungslose Geldvermehrung darf bei Grund und Boden nicht die oberste Maxime bleiben. Es gibt schon genügend Beispiele, die zeigen, dass die Menschen auch Grund und Boden als Allmende gemeinschaftlich nutzen können und sich nicht in die Haare kriegen."

„Weil sich die Nutzer an vereinbarte Regeln zu halten haben," ergänzte Georg und meinte: „Regeln einer sozialverträglichen Nutzung gibt es so gut wie in allen Häusern, wo mehrere Wohnungen unter einem Dach sind. Oft haben sie wenig Biss, weil nicht alle Bewohner sie richtig ernst nehmen und sie befolgen. Wenn Grundätze für ein angenehmes Zusammenleben der Bewohner sorgen sollen, dann sollten sie wie Öl das Verhältnis zwischen Eigentümern und Mietern schmieren."

Karl ergänzte noch: „Es ist doch irgendwie verständlich, wenn manche verzweifelt nach einer Enteignung der Wohnungsunternehmen schreien, gerade in großen Städten. Aber eine Enteignung ist leider viel zu kompliziert! Wer soll denn die Entschädigung zahlen, die der Gesetzgeber zwingend vorschreibt? Dagegen könnte eine maßvolle Entwertung von Grund und Boden die Grundlage für das Wohnen verbessern.

Solche Wertverluste schmälern dann das Vermögenseigentum, aber das gehört zur Wirtschaft und wird als Abschreibung bezeichnet. Wer mit Eigentumstiteln spekuliert, nimmt sogenannte Rückfälle als Wertverluste hin. Das gehört einfach zum Markt, wenn sich die Preise sowohl nach oben als auch nach unten bewegen. Aktionäre jammern zwar über sinkende Aktienwerte, nehmen sie aber oft klaglos hin. Wenn Wertverluste durch staatliches Handeln bewirkt werden, sehen das einige sogenannten Experten anders. Würden die Preise von Grund und Boden per Gesetz nach unten korrigiert, wofür gute Argumente sprechen, dann werden die Eigentümer dies nicht mit Demut hinnehmen. Sie werden allerhand dagegen einzuwenden haben. Eines sollte man aber festhalten: Wenn es nur Erwartungen auf zukünftige Gewinne sind, die sich in Luft auflösen, dann darf dieses Phänomen nicht unter den Begriff ‚Enteignung‘ fallen. Hier bleibt ja das Eigentum erhalten, im Unterschied zur Enteignung, bei der ein verbriefter Eigentumstitel wirklich flöten geht."

„Niemand hat den Stein der Weisen im Gepäck, lieber Karl," entgegnete Georg, „Nach deinen Grundsätzen werden Eigentümer nicht enteignet, sondern sie sollen den Wert von Grund und Boden auf ein Maß runtersetzen, das die Gesellschaft akzeptiert und mitträgt. Du hast Recht, eine Abschreibung von Wertverlusten bei Vermögensposten ist weder systemwidrig noch ihm fremd."

Nachdem Ahmed sich alles angehört hatte, kam ihm Folgendes in den Sinn: „Ein erster Schritt könnte sein, dass die Eigentümer ihren Mietern und Pächtern zwei Rechnungen präsentieren, eine als Bodenrente für die Nutzung von Grund und Boden und eine für den Sachwert der Wohnung oder des Hauses. Dann wüssten die Mieter, wieviel sie für das Recht auf ein Stück Erde zahlen, auf dem sie leben dürfen. Für das Grundeigentum erbringen die Eigentümer nach der

Anschaffung keine oder kaum noch eine Leistung. Die Bodenrenten sollten in ihrer Höhe in einem Verhältnis zu den anderen Sachkosten stehen, das als gerecht empfunden wird. Das ist natürlich der springende Punkt, der allein politisch zu regeln ist. Wie lange sollen wir denn darauf hoffen, dass der Markt als allmächtige Instanz die Maßlosigkeit bei den Bodenpreisen in den Griff bekommt? Das ist doch eine alberne Vorstellung! Ob mein Vorschlag helfen wird, wer weiß."

Karl fiel dazu ein: „Im Grunde regelt schon das Erbbaurecht, dass ein Bauherr für die Bodennutzung einen Zins an den Inhaber des Grundstücks zahlt. Die Zinsen richten sich in der Regel nach der allgemeinen Inflation und nicht danach, in welchen Wellen sich Marktpreise bei Immobilien bewegen. Allerdings werden Grundstück samt Bebauung nach einer festgelegten Nutzungszeit zu einem Eigentum, das dem Inhaber des Grundstücks allein zusteht."

Alle drei waren sich einig, dass auch dieses Gespräch zu keinem Ergebnis führte, das sie an die große Glocke hängen konnten. Bei aller Not, die manche Habeviels mit ihrem Immobilieneigentum hatten, erschien ihre Gewohnheit, die Entsorgung von allem Müll großzügig an andere zu delegieren, wie eine Kleinigkeit. Den Kapitalismus verglich Karl mit einer Krankheit, die nicht heilbar, bestenfalls nur therapierbar war. Wie sich ein Kapitalist verhielt, hing von seiner Geisteshaltung ab, die sich in seinem Kopf abspielte. Er beobachtete, wie die Habeviels es in Zeiten von Krisen nochmal so richtig krachen ließen und für Immobilien, Reisen und materiellen Müll in einer Weise Geld ausgaben, als gäbe es kein Morgen. Vielleicht bekamen manche dabei ein schlechtes Gewissen, aber dieses kam nur wie ein laues Lüftchen daher. Sie spürten schon, dass sie als vom Konsum Getriebene nicht unbedingt das Beste taten. Trotzdem schwelgten sie weiter in ihrem

Reichtum und taten dasselbe, was die anderen machten und weil diese sich auch nicht anders verhielten, fühlten sie sich sicher. Indem sie einem Herdentrieb folgten, sprachen sie sich los von jeder Schuld. Bei dem, was angesichts der Klimakrise zu tun war, gaben sie sich hilf- und ideenlos. Ihnen war der Gedanke, sich für eine lebenswerte Umwelt zu verpflichten und eine von Müll und Ballast befreite Welt an die nächste Generation zu übergeben, letzten Endes fremd.

Mit einer anderen Frage beschäftigte sich Karl schon länger: Musste man sich um das Eigentum eines Menschen, der in Not geraten war, in gleicher Weise kümmern wie um dessen Wohlergehen? Er erlebte Situationen, in denen Menschen von heute auf morgen aufgrund einer schweren Erkrankung auf Pflege angewiesen waren und sich deshalb nicht mehr um ihr Eigentum kümmern konnten. Nun mussten es andere tun. Lag der Pflegefall in der Familie, reichte die verwandtschaftliche Bindung als Grund, die Pflege des Menschen und seines Eigentums zu besorgen. Aber wie war es bei denen, die Niemanden hatten außer Freunde und Bekannte? Wenn der in Not geratene Mensch den Menschen am Herzen lag, waren sie dann auch verpflichtet, sich nicht nur um ihn zu sorgen, sondern sich auch um die Pflege und den Erhalt des Eigentums zu kümmern, das dem Betroffenen gehörte? Wie weit konnte die Menschlichkeit gehen und wo gab es eine Grenze? Deutlich war, dass das Eigentum am Menschen hing wie seine Gliedmaßen. Der Mensch war mit ihm vereint und wurde fast schon automatisch im Kontext seines Eigentums gesehen und wahrgenommen.

Karl suchte Rat bei Freunden, die sich mit Seelsorge beschäftigten. Sie mussten doch einige Hinweise liefern, dachte er sich. Einer riet ihm dann, mal ins Alte Testament zu schauen. Im Buch Genesis wurde erzählt, wie Kain seinen

Bruder Abel ermordete. Von Gott gefragt, wie er denn dazu käme, fragte Kain zurück: „Bin ich denn der Hüter meines Bruders?" Gott war wohl der Meinung, dass er es war. In dieser Begebenheit, so wurde sie ausgelegt, steckte der Keim für die Idee von der Nächstenliebe, die Christen wie Nichtchristen als moralisches Gebot zu befolgen hatten. Man konnte es auch es so formulieren: Die Menschen waren als soziale Wesen auf gegenseitige oder wechselseitige Hilfe angewiesen und lebten von der Unterstützung durch andere, deshalb machte es keinen Sinn, sich gegenseitig umzubringen, sondern sich zu helfen, wann immer es ging.

Die Frage, die Kain an Gott richtete, konnte man verlängern in: Bin ich denn auch der Hüter meines Bruders Eigentum? Aber dieser Aspekt war damals wohl nicht wichtig. In der Geschichte, nach der Gott die Erde innerhalb von sieben Tagen erschuf, kamen weder Geld noch Eigentum vor. Hatte Gott dies beim Erschaffen der Welt vergessen oder gar nicht daran gedacht? Anscheinend besaßen die Menschen damals nichts, was sie als ihr Eigentum betrachten konnten. Oder meinte Gott, dass die Menschen sowieso besser fuhren, wenn sie sich mit wenig zufriedengaben? Die zehn Gebote sprachen aber eine andere Sprache. Das zehnte Gebot forderte: Du sollst nicht begehren deines Nächsten Haus. Darunter fiel, je nach Textverständnis, alles, was zum Haus gehörte, vom Essgeschirr angefangen bis hin zu den Sklaven. Die Hauswirtschaft galt also für Außenstehende als unantastbar, genauso wie die Frau des Hausherrn, die „Du nicht begehren sollst," wie es das neunte Gebot verlangte. Aber eines bewegte Karl dann doch noch: Anscheinend durfte man alles, was bei anderen Menschen außerhalb von deren Haus und Hof lag, zwar begehren, aber nicht stehlen, wie es das siebte Gebot den Menschen auftrug. War es dann zulässig, den Besitz, der nicht unmittelbar zu Haus und Hof gehörte, daran zu messen, wie gut dieser zum Allgemeinwohl beitrug? Karl war klar, wenn die Menschen in einem Umfeld mit allerlei Begehrlichkeiten lebten, mussten sie dies nach dem gottgegebenen Grundgedanken nicht in Armut tun oder sich auf das unmittelbar Notwendige beschränken.

Offenbar sollte man die Infrastruktur, die zum eigenen Haus gehörte und das Leben sicherte, als geschütztes Eigentum ansehen, dachte sich Karl. Aber konnten diejenigen, die einst die zehn Gebote niedergeschrieben hatten, überhaupt ahnen, welche Formen an Eigentum sich die Menschen im Lauf der Menschheitsgeschichte ausdachten oder erfanden? Die Menschen hingen an ihrem Eigentum und behandelten es als ein unumstößliches Rechtsgut, von dem jeder die Finger zu lassen hatte, wenn ihm der Gegenstand nicht gehörte. Hier ging es nicht um das Kleinzeug, mit dem sich die Menschen umgaben, sondern um das, was sie mit Stolz als ihr Eigentum sahen und die Macht, die ihnen bei ihrem Vermögen zustand.

Aber was geschah mit den Dingen in dem Moment, wenn der Eigentümer aufgrund einer schweren Erkrankung die Macht über sein Hab und Gut verlor? Wenn sich die Herrschaft über das Eigentum wie bei einer Enteignung auflöste, wurden die materiellen Gegenstände zu herrenlosen Gütern, egal wodurch dies begründet und bewirkt wurde. Die materiellen Gegenstände gingen natürlich nicht verloren, sie blieben erhalten und waren für alle sichtbar und nutzbar. Sie gingen nun in andere Hände über, weil sich ja weiterhin jemand um das Eigentum kümmern musste. Karl kannte genügend Menschen, die sich ohne familiäre Bindung aus eigenem Antrieb dazu verpflichtet hatten, das Eigentum von Betroffenen zu pflegen.

Wenn es im privaten Umfeld niemand gab, von dem man die Pflege erwarten konnte, übertrug das Amtsgericht die Pflege an eine professionelle Einrichtung, zum Beispiel an einen Rechtsanwalt oder eine Institution, die die Pflege hauptberuflich besorgten. Diese Aufgabe konnte ein Amtsgericht auch an ehrenamtliche Personen übergeben, die bereit waren, sich um Mensch und Eigentum zu kümmern. Wie gut die professionellen Helfer ihre Aufgabe angesichts der Menge an Personen, die sie zu betreuen hatten, leisten konnten, war die Frage. Ungewiss war umgekehrt auch, wie intensiv und fachlich einwandfrei dies eine ehrenamtliche Hilfe leisten konnte.

Gleichgültig ob hauptberuflich oder ehrenamtlich, in beiden Fällen konnte man unterstellen, dass den Pflegekräften zunächst einmal das Wohlergehen der pflegedürftigen Person am Herzen lag. Die Pflegekräfte taten ihre Arbeit je nachdem wie schwer die Erkrankung war und welche Pflege als körperliche Arbeit oder als Fürsorge und Seelsorge anfiel. Zu ihrer Aufgabe gehörte auch, sich um das Eigentum zu kümmern. Bei hauptberuflichen Pflegekräften erschien das als selbstverständlich, aber auch bei denen, die ihre Fürsorge freiwillig taten. Beide waren dazu angehalten, das Eigentum zu erhalten und, wenn es möglich war, zu mehren. Karl hatte oft von Mitmenschen gehört, dass man eine Sorge um das Eigentum nicht ehrenamtlich erledigen sollte. Ein Vermögen zu verwalten sollte man nicht kostenlos leisten. Wer es dennoch tat, konnte damit rechnen, dass sein Verhalten auf wenig Verständnis stieß oder dass einige ihn als naiv bezeichneten.

Umgekehrt beobachte Karl auch Fälle, wo Pflegekräfte wie ein Segen wirkten: Endlich kümmerte sich jemand um Sachen, mit denen sich der zu Pflegende im Vorfeld der Erkrankung nicht mehr beschäftigen konnte. Die Inobhutnahme sah Karl sogar als Gewinn, wenn wieder jemand da war, der endlich die Bude aufräumte und sich um Haus und Hof kümmerte. Was sollten die Singles tun, die ihr Leben lang die Hauptrolle in ihrem Ich-Meiner-Mir-Theater spielten und diese sicher gut beherrschten? Was geschah mit ihnen, wenn ihnen durch einen Schicksalsschlag die Macht oder Verfügungsgewalt genommen wurde und sie selbst über Leben wie Eigentum nicht mehr bestimmen konnten? Warum hatten sie es versäumt, Mitmenschen zu benennen, die in die Bresche traten? Ab dem Moment, wo sie es nicht mehr konnten, war es für solche Fragen zu spät. Handelten Freunde und Bekannte, die dann einsprangen, übergriffig, wenn sie ein Einsehen hatten und ohne Auftrag begannen, sich um die materiellen Reste zu kümmern, auch wenn sie nur Lebensmittel, bevor sie zu vergammeln drohten aus Kühlschränken und Schränken wegräumten?

Die Macht über das Eigentum war im Grundgesetz verankert und hatte darin einen hohen Rang. Sie wurde als Säule der Wirtschaftsverfassung hochgehalten. Wie war es bei denen, die durch eine Krankheit entmachtet waren und keine Vorsorge für schlechte Zeiten getroffen hatten? Waren Menschen befugt, auch ohne ausdrücklich vom Betroffenen bevollmächtigt zu sein, dessen Interessen in seinem Sinne zu vertreten und entsprechend zu handeln? Gehörte zum Gebot, den Nächsten zu lieben auch die Verpflichtung, Hüter seines Eigentums zu sein? Und sollte man sich auch einem Eigentum annehmen, dessen Menge weit über das hinausging, was für das Befriedigen von Grundbedürfnissen notwendig war und auf den ersten Blick den Außenstehenden als eine Last erschien?

Karl fand auf diese Fragen keine Antwort und beruhigte sich stets mit der Beobachtung, dass es in den meisten Fällen Erben gab. Unter ihnen waren einige, die darauf hofften, diese Rolle endlich zu übernehmen, ohne genau zu wissen, was sie im Einzelnen erwartete. Aber es gab auch Menschen, die diesen Dienst aus Freundschaft verrichteten, ohne auf ein Stück vom Erbe oder ein Geschenk zu schielen.

Achmed war gerade dabei, die letzten Stücke zu verladen, als Frau Immer-Schön nochmals vorbeikam. Der Transporter war bis zum Rand gefüllt. Alles was weg sollte, passte rein. So ging der Auftrag zu Ende. Ohne sich in Worten darüber zu verständigen, war sich Karl mit Achmed darin einig, dass sie wieder einen Ausflug im Land der Habeviels hinter sich hatten. Frau Immer-Schön blickte, bevor Achmed die Türen schloss, noch einmal auf die Ladung.

„Hätte ja nicht gedacht, dass der Transporter voll wird," spottete sie lächelnd. Die Erleichterung war an ihrem Gesicht erkennbar und zugleich war ihre Genugtuung zu spüren, dass ein Kapitel beendet war.

„Ihr Vater hat halt alles immer dichter zusammengeräumt, so dass kein Durchkommen mehr war. Er hat wohl jahrzehntelang nichts wegegeworfen, war unser Eindruck," entgegnete Karl und blieb in seiner Mimik sehr sachlich.

„Übrigens, die Modelleisenbahn nehmen wir nicht mit, sie steht in Kisten verpackt noch im Keller," fügte Achmed hinzu, „vielleicht ist ja der Nachbar daran interessiert, er hatte doch bedauert, dass ihr Vater sie wegpacken musste."

„Hat er das wirklich gesagt? Na gut, Schwamm drüber, von mir aus soll er sie haben."

Sie verabschiedeten sich. Trinkgeld gab es keines. Wie viele Kunden sah Frau Immer-Schön die Arbeit der beiden nicht als eine Dienstleistung, die sie noch mal in Zukunft beanspruchen wollte. Ihr war im Moment wichtig, dass mit dem Ausräumen des Kellers die Geschichte des Vaters endgültig abgeschlossen war. Sie war hiermit beendet. Warum sollte sie die Arbeit der beiden noch mit Geld aufwerten, wo sie doch heimlich aber sicher den Verdacht hegte, dass manches, was nun im Transporter lag, die beiden doch noch irgendwann versilbern würden und sich mit Geld, das eigentlich ihr allein zustand, hinter ihrem Rücken bereichern würden. Diese Art des Knauserns hatte seinen Grund im Misstrauen, das bei den Kunden blieb. In dieser Stimmung vollzog sich oft der Abschied vom Kunden. Da dies Karl und Achmed oft genug widerfuhr, fühlten sich beide darüber erhaben.

Als sie im Transporter heimfuhren, unterhielten sie sich noch über manche Begebenheiten.

„War ja mal wieder alles im Angebot," scherzte Achmed. Er liebte es, das noch einmal Revue passieren zu lassen, was sie vor Ort erlebt hatten: „Diese Gläser mit Eingemachtem waren mehr als drei Jahre alt. Es war wohl mal in Mode, Sachen zu kaufen und einzumachen. Einen Nutzgarten habe ich am Haus nicht entdeckt."

„Die Menschen sind doch soziale Lebewesen. Auch wenn es nur Modewellen sind, in deren Rhythmus sie sich einfügen und bewegen und die sie als selbstbestimmtes Verhalten auslegen. Im Grunde, tun sie nichts anderes, als das nachzuäffen, was andere vorspielen."

Achmed fragte nach kurzer Pause: „Hast du das Eingemachte etwa eingeladen?"

„So weit kommt es noch," entgegnete Karl, „das will ja niemand mehr. Nein, ich habe die Gläser geöffnet und den Inhalt in die Komposttonne entleert. Die Gläser kommen in den nächstbesten Glascontainer, an dem wir vorbeikommen. Die Menge an Glas ist überschaubar."

„Bei den Rotweinflaschen konnte man ja an den Jahreszahlen und Herkunftsgebieten die Reisegewohnheiten des alten Herrn studieren. Ältere Flaschen waren aus Italien, dann war wohl Frankreich an der Reihe, irgendwann noch Südafrika und Kalifornien. In Frankreich hatte er die meisten Flaschen gekauft. Offenbar war es ihm nicht mehr vergönnt, den Wein zu trinken oder zu verkosten. Vielleicht ist ihm auch die

Lust daran vergangen oder er konnte den Geschmack der verschiedenen Weinsorten gar nicht mehr erkennen, unterscheiden und genießen. Aber Flaschen zu verschenken oder wegzugeben, kam für ihn wohl nicht in Frage."

„Der Fund hält sich in Grenzen," fügte Karl hinzu, „es sind ungefähr fünfzig Flaschen. Ich werde sie für Georg aufheben, der hat gelegentlich freudige Trinker zu Gast. Die haben dann ihren Spaß, wenn sie ältere Weine auf Genusstauglichkeit prüfen dürfen und dieses Trinkgelage ihnen nichts kostet."

„Als wir neulich auf Anfrage eines Kunden einen Keller mit Rotwein aus Portugal leeren sollten, war die Situation anders. Der Erblasser hat regelmäßig das Sommerhalbjahr dort verbracht, erzählte der Kunde. Er fuhr mit dem Auto. Vor der Rückfahrt im Spätherbst hat er dort eingekauft, was das Zeug hält und den Wagen mit Flaschen vollgeladen. Allerdings waren es so viele, dass er sie im Laufe des Winters gar nicht leeren konnte. So blieb immer ein Rest übrig, der sich beständig vermehrte und irgendwann seinen Keller füllte."

Mit einem tiefen Luftholen fügte Karl hinzu: „Solche Flaschen zu holen und dann in dieser Menge, das war kein Auftrag für uns. Ich reiß mich nicht darum, schwere Kisten zu tragen. Der Kunde wollte das nicht verstehen, das sei doch mein Job, meinte er spöttisch. Nun soll er den Inhalt der Flaschen entweder in den Abfluss gießen oder selbst trinken oder von Zeit zu Zeit in Rotwein baden. Mich würde es nicht wundern, wenn der Verstorbene dem Gedanken anhing, Rotwein sei eine Wertanlage. Das ist so eine fixe Idee und dass sich die Erben darüber freuen, ist eben ein Trugschluss. Möglicherweise kommen solche Empfehlungen auch in den Nachrichten von der Frankfurter Börse vor. Da werden gelegentlich Geschichten vom Weinberg erzählt und wie es um die Traubenernte steht und auf welche Preise sich Weinliebhaber als Käufer einstellen sollen. Am Ende bleiben die Flaschen liegen. Spätestens wenn sie der übernächsten Generation vor die Füße fallen, ist es buchstäblich um sie geschehen. Vielleicht kippen schon die Kinder den Inhalt einfach weg, weil das Zeug nicht mehr trinkbar ist." Da war sich Karl in seinem Urteil sehr sicher.

Indem sie bilanzierten, fiel Karl noch ein, was er immer suchte, aber selten fand: „Nach meinem Geschmack finden wir viel zu wenige Funde, die belegen und uns zeigen, ob sich Verstorbene mit einem eigenständigen Dichten und Denken hervorgetan und eigene Gedanken als Lyrik, Prosa oder was auch immer niedergeschrieben haben. Würde die These stimmen, dass wir in einem Land der Dichter und Denker leben, müssten wir doch davon Spuren auch bei unserer Arbeit entdecken, oder? Dabei denke ich nicht an die Tagebücher, Liebesbriefe und solche Sachen, die wir finden. Und ich denke auch nicht an die Kisten, die vollgefüllt mit Kopien von Texten irgendwo, meist im hintersten Eck rumstehen und die wohl einmal als Arbeitsunterlagen dienten, als der Verstorbene in Jugendjahren eine wissenschaftliche Arbeit schrieb, oder sich daran versuchte. Diese Menschen brachten es nicht übers Herz, sich von den Sachen zu trennen, auch wenn sie längst Schnee von gestern waren. Offenbar zierte man sich ein Leben lang, das Zeug einfach wegzuwerfen."

Achmed fuhr fort: „Auch die Schachteln mit Briefen, meistens Liebesbriefen liegen oft genug im hintersten Eck. Wahrscheinlich sollten sie zu Lebzeiten unentdeckt bleiben. Bei jedem Gang in den Keller wurden sie Stück für Stück weiter nach hinten geschoben, dorthin, wo sie nicht mehr auffielen. Diese ungeduldige Enkelin hätte sich sicher über die Geschichten gefreut, die die Briefe erzählen. Aber zum Glück konntest du sie erfolgreich abwimmeln. Solche Briefe wandern nach all den Jahren doch nur in den Papiercontainer. Vielleicht kann jemand, der an den Wertstoffinseln nicht nur

Pfandflaschen sammelt, sondern in den Papiercontainern auch nach Briefen und persönlichen Notizen schaut, daran Gefallen finden und sie mitnehmen. Es soll ja Schriftsteller geben, die im Papiermüll nach Ideen für ihre Werke suchen. Manche werden dabei sogar fündig und verwerten die Überbleibsel in ihrer literarischen Arbeit."

„Was mich am meisten nervt, sind die Andenken an irgendwelche Reisen. Die ganzen Tierskulpturen und die Masken aus Afrika zum Beispiel und immer in riesigen Mengen! Wenn wir das Zeug in die Holzcontainer werfen, geht mir das regelmäßig ans Herz." Karl fragte sich immer wieder, wie lange diese Mitbringsel die Wohnung dekorierten und wann der Punkt eintrat, wo sich die Bewohner an den Stücken so sattgesehen hatten, dass sie das Kunsthandwerk danach in den Keller verfrachteten.

„Gebe ich dir recht," stimmte Achmed zu. „Wir sollten erstens vermeiden, Kartons mit Flaschen zu schleppen, deren Inhalt wir am Ende doch nur in den Gully schütten. Holzskulpturen und Kulturgüter aus fernen Ländern zu entsorgen, ist auch nicht mein Ding. Da bleiben immer Zweifel, ob das richtig ist. Da lobe ich mir die Stapel an Gemälden, die wir gelegentlich finden. Das können ruhig zwei Kubikmeter sein. Die kann man, ohne sie groß zu betrachten, bündeln. Sie sind leicht zu tragen und im Transporter gut zu verstauen. Aber weißt du Karl, was mir immer noch jedes Mal Spaß macht? Wenn ich Porzellangeschirr in die Behälter für Bauschutt ablade. Besonders wenn ich das Zeug mit Schwung hineinschleudere, kracht es ordentlich, wenn es zersplittert und zerschellt."

Mit dem Wegwerfen der Dinge ging jeder Auftrag zu Ende. Es waren die Habeviels, die sich Karls Arbeit leisten wollten oder konnten. Und in diesem Arbeitsfeld war Karl ja kein Exot, er besaß kein Monopol. Wer in den Wochenblättern, die kostenlos an Haushalte verteilt wurden, die Kleinanzeigen durchschaute, konnte feststellen, welche Unmenge an Firmen und Privatpersonen es in einer Großstadt wie auf dem Land gab, die anboten, das Zuviel an materiellem Unrat wegzuschaffen. Und da gab es wie in jedem Gewerbe solche und solche. Aber allen erging es ähnlich: Ihre Kunden standen als Erben in einer Art von Schuld und waren verpflichtet, etwas zu tun, was sie selbst nicht leisten wollten oder konnten, sei es aus Scham oder aus Bequemlichkeit oder weil sie es körperlich nicht mehr schafften. Karl und Achmed befreiten und erlösten sie von einer Last, die ein Mensch nach dem Ableben ihnen aufgebürdet hatte und die sie als untragbar und zugleich als unantastbar erlebten und irgendwie loswerden wollten. Indem sie die materiellen Gegenstände aus dem Blickfeld der Menschen entfernten, löschten sie zugleich das Andenken, das sich in Geschichten und Erzählungen äußerte. Die Kunden brauchten Karl und Achmed, weil sie dies arglos und frei von Skrupeln taten. Das war im Kern ihr Job.

Was war es nun, was sie im beruflichen Alltag vorfanden? Waren es die Merkmale der Wachstumsökonomie, des Konsumismus, der Wegwerfgesellschaft oder des Kulturkapitalismus? Diese Begriffe geisterten durch die Wirtschafts- und Gesellschaftswissenschaften. Sie sollten den gemeinsamen Nenner beschreiben, auf dem Wirtschaft und Gesellschaft ruhten, und damit das Ergebnis der Analyse auf den Punkt bringen. Diese Leitbilder oder Thesen zogen sich durch die Texte und Analysen von Wissenschaftlern und medialen Experten und lenkten deren Auseinandersetzung mit der Realität. Diese Denkansätze beflügelten einige Autoren zu kritischen Darlegungen. Karl und Achmed begriffen die Wachstumsökonomie und deren Auswüchse als einen Versuch, sich mit dem Motor der Wirtschaft zu befassen. Die nimmersatte Konsumgesellschaft war von vorne gedacht und nahm sozusagen den Input ins Visier, die unbesorgte Wegwerfgesellschaft sah aufs Ende und auf das, was übrigblieb. Der Kulturkapitalismus nahm sich den Erzählungen an, in denen Wirtschaft wie Konsumenten eine Sinnstiftung ersannen und den Waren verpassten.

Vielleicht, dachten sich Karl und Achmed, waren die Menschen nur ihren Urtrieben treu geblieben, nämlich Jagen, Angeln, Sammeln und Hamstern, aber nun in einem kapitalistisch geschneiderten Gewand. Die Menschen machten im Grunde nichts anderes, als was sie schon seit Urzeiten taten. Hatten sie es lediglich mit einer leidenschaftlichen Sammelgesellschaft zu tun?

Sie blickten unbesorgt auf die Zukunft und die Aussichten, die sich ihnen auftaten. Schließlich waren sie sich in einem Punkt völlig einig: Der nächste Auftrag kommt bestimmt, todsicher.

Nachwort

Wenn jetzt Zweifel oder Fragen kommen, ob die Forderung nach mehr Zweite-Hand-Handel angesichts der Fülle an Firmen, die ihn schon betreiben, noch berechtigt ist, dann ist dagegen zu halten, dass dieser Eindruck nur zum Teil zutrifft. Trotz guter Ansätze und vorbildlichen Beispielen trägt diese Art von Handel im Moment nur einen geringen Anteil zum gesamten Handelsvolumen bei. Die überwiegende Mehrheit der Unternehmen im Einzelhandel bietet immer noch ausschließlich Neuwaren an. Für sie ist dies ihr Hauptgeschäft.

Zum Zweite-Hand-Handel gehören auf der Seite des Beschaffens zwei Akteure, die einen, die die Waren geben und die anderen, die sie annehmen und direkt oder technisch überprüft wieder zum Kauf anbieten. Die Frage, wie dieser Prozess beschleunigt werden kann, muss man an die richten, die etwas herzugeben haben. Wenn diese Leute zu träge sind oder sich überfordert fühlen oder schlicht keine Lust haben, mal ihre Schränke und Kammern zu durchforsten, um dann Pakete mit den Sachen zu schnüren, die sie weiterverkaufen oder einfach weggeben möchten, bleibt alles wie es ist. Die angesammelten Sachen bleiben irgendwo liegen, geraten mit der Zeit aus der Mode oder sind technisch so überholt und veraltet, dass sie niemand mehr haben will oder gebrauchen kann. So wird einerseits die fehlende Angebotsmenge zum Problem und anderseits die zunehmende Hilflosigkeit und Trägheit, die die Menschen daran hindern, sich „von all dem Zeug" oder dem „Gelump" zu trennen.

Gäbe es die Erzählung, wenn meine Frau und ich nicht einen Freund in einer erbarmungswürdigen Lage angetroffen hätten? Wohl kaum! W. lag in einer Spezialklinik. Er war infolge eines Schlaganfalls halbseitig gelähmt und konnte kaum noch sprechen. Doch sein Geist war wach und seine Freude kaum zu beschreiben, als er meine Frau zuerst am Krankenbett wiedersah und mich einen Tag später. Seitdem besuchten wir ihn ständig. So wie wir ihm helfen konnten, war es eine Art von Seelsorge.

Aber das war nur die eine Seite. Die andere bestand darin sein Anwesen zu betreuen, das in Oberbayern lag. Als meine Frau und ich das Haus betraten, waren wir geschockt von der Fülle an Material, die überall, wirklich überall, rumlag.

Meine Frau und ich haben unterstützt von Freunden und dem Einsatz von professionellen Helfern große Teile des Hauses vom Müll befreit. Das war ein gehöriges Stück Arbeit und richtig fertig sind wir mit dem Ausräumen immer noch nicht. Aber jetzt ist das Haus wieder bewohnbar und wir freuen uns, dass W. dort wieder leben kann.

Ich danke allen, die mich zum Schreiben ermuntert haben. Ihren Rat und ihre Hilfe haben den entstehenden Text mit Ideen bereichert.

Thomas Scheer, 1951 geboren, ist Diplom-Volkswirt und lebt seit 1977 in München. Er war angestellter und selbstständiger Marktforscher für Medien und Verlage und als Lehrer an einer privaten Wirtschaftsschule tätig.